novum
VERLAG

Jutta Ellmer

KONTROVERSEN

Das neue Südafrika

novum
VERLAG

Bibliografische Information der Deutschen Nationalbibliothek:
Die Deutsche Nationalbibliothek verzeichnet diese Publikation in der Deutschen Nationalbibliografie. Detaillierte bibliografische Daten sind im Internet über http://www.d-nb.de abrufbar.
ISBN 978-3-85022-479-6

Aus Rücksicht auf den Schutz der individuellen Personen, die ihre Geschichten aus dem Leben erzählen, wurden deren Namen ersetzt. Übereinstimmungen mit lebenden Personen sind rein zufällig.

Lektorat: Mag. Katharina Glöckel

Gedruckt in der Europäischen Union auf umweltfreundlichem, chlor- und säurefrei gebleichtem Papier.

www.novumverlag.com

Inhaltsverzeichnis

Vorwort

Kaum ein Land ist kontroverser als das neue Südafrika. Für die Medien ist das neue Südafrika ein Vorzeigeland. Der tägliche Überlebenskampf seiner Bürger scheint bei aller Herrlichkeit keinen Platz zu finden.

Die Ankunft in Johannesburg oder Kapstadt sieht vielversprechend für die Touristen aus. Der erste Eindruck der Infrastruktur übertrifft die Erwartungen der Reisenden. Überall hilfsbereite und freundliche Gesichter. Safari Plakate stimmen auf traumhafte Erlebnisse ein.

Doch für diejenigen, die nicht auf Safari gehen oder mit der Reisegruppe die Garden Route entlang fahren, wird der Traum schnell zum Albtraum. Laut Statistik werden täglich über 50 Menschen ermordet und 150 Frauen vergewaltigt, mit stetig steigender Tendenz und einer Dunkelziffer, die viel höher liegt. Jährlich sterben über 1,5 Millionen Menschen an Aids mit explosionsartigem Multiplikator. Die Elektrizitätswerke können die Industrie und Haushalte nur noch eingeschränkt bedienen. Die Politik scheint dem Chaos gegenüber ohnmächtig, die Bürger finden kaum Gehör und die Außenwelt hält lieber am Traumbild fest.

Der Werbeslogan für Südafrika „One World in one Country" – eine Welt in einem Land – war sicher zu keinem Zeitpunkt treffender als heute.

Einleitung

Sollten Sie dieses Buch in Ihren Händen halten, wird sich Südafrika für Sie für immer verändern. Es ist meine Absicht Ihnen ein Werk an die Hand zu geben, welches Sie auf diese Weise noch nicht kennen.

Südafrika hat sich seit den ersten demokratischen Wahlen 1994 rasant verändert und viele Klischees gehören der Vergangenheit an.

Der Wechsel hat sich in einem Tempo vollzogen, welchen die Außenwelt kaum wahrnehmen konnte oder wollte.

In den beiden ersten Kapiteln führe ich Sie kurz in die Geschichte des Landes und den Anfang des neuen Südafrikas ein. Zum Verständnis des Zusammenwirkens vieler Faktoren im neuen Südafrika kann auf diese Rückblicke nicht verzichtet werden.

Es ist mein Bestreben, Missstände beim Namen zu nennen und mich für die Menschen einzusetzen, die selbst vielleicht schon nicht mehr die Kraft aufbringen können sich Gehör zu verschaffen.

Ich möchte Sie auf einem Streifzug durch den neuen südafrikanischen Alltag begleiten, Ihnen Hintergrundinformationen aus Insiderkreisen vermitteln und bisher Verborgenes zugänglich machen. Sachlich versuche ich, anhand aus dem Leben gegriffener Beispiele das neue Gesicht Südafrikas zu zeichnen.

Sie erhalten Informationen über Land und Leute, ihre Ängste, Stärken und Sorgen. Ich möchte auch nicht versäumen, Sie auf Südafrikas Zukunft blicken zu lassen, unter anderem auf die Fußball-WM 2010.

Das Volk Südafrikas ist gespaltener denn je. Wenn die Verantwortlichen nicht bald den Mut finden umzudenken und zu handeln, lässt sich die dramatische Veränderung der Bevölkerungsstruktur nicht mehr aufhalten.

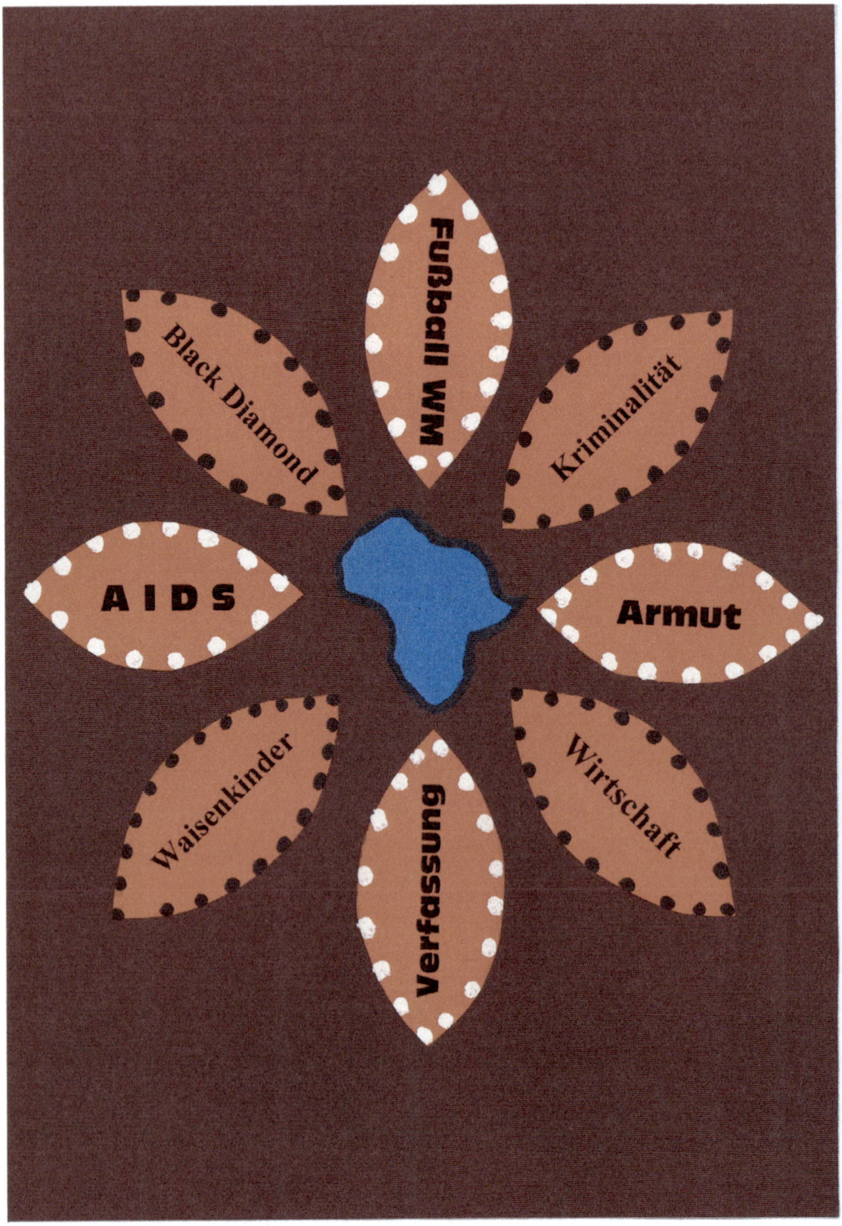

Themen im neuen Südafrika
Design und © Eva Ellmer

1. Der Beginn des neuen Südafrikas

Ein geschichtlicher Rückblick

Zum besseren Verständnis des heutigen Südafrikas ist ein kurzer Exkurs in seine Geschichte unumgänglich.

HOFFNUNG. Am 27. April 1994 war es endlich so weit. 45 Millionen Südafrikaner richteten all ihre Träume und Hoffnungen auf das neue Südafrika. Dieses historisch bedeutsame Datum bezeichnet das Ende von über 340 Jahren Diskriminierung. Annas Erinnerungen, in einer langen Warteschlange in der heißen Sonne zu stehen, um für ein neues Südafrika, eine Regenbogen-Nation zu wählen, werden nie verblassen. Doch werden ihre Träume jemals Wirklichkeit werden?

Zum ersten Mal in der Geschichte konnten alle Südafrikaner wählen. Eine Regierung nach eigener freier Entscheidung. Diese Wahl bedeutete das Ende der Apartheid. Anna, ein Hausmädchen aus Johannesburg, hatte einen hoffnungsvollen Gesichtsausdruck, aber auch Angst und Sorge um ihre Zukunft. Sie hoffte ganz fest auf die Verwirklichung ihres Traumes, den Traum der Regenbogen-Nation.

Nach dem Ende des Zweiten Weltkrieges wurde der Rassismus eine politische Gegebenheit. Die schwarze Bevölkerung wurde aus den weißen Wohngebieten verbannt. Sie wurden in Townships außerhalb der Städte angesiedelt. Die Wut gegen diese Maßnahmen wuchs unaufhaltsam.

Ein junger Anwalt namens Nelson Mandela sollte alles verändern. Er formte ab 1950 den ANC (African National Congress) in eine starke Opposition gegen die Apartheid Politik. Die Regierung fühle sich durch ihn und seine immer stärker werdende Bewegung bedroht. Als Staatsfeind gefürchtet, wurde er schließlich 1963 inhaftiert und zu einer lebenslänglichen Strafe auf Robben Island verurteilt. Robben Island, die kleine Insel vor der Küste Kapstadts, bietet heute mit der Besichtigung der ehemaligen Zelle Mandelas und seiner Genossen vielen Touristen eine Museumsattraktion.

Die Ausschreitungen zwischen Demonstranten und der Polizei wurden immer heftiger. Während einer Schulparade in Soweto (South West Township), in der schwarze Schüler gegen die weiße Bildungspolitik demonstrierten, geriet die Situation außer Kontrolle, als die Polizei mit Schüssen versuchte die Jugendlichen auseinander zu treiben. Die Gefahr einen Bürgerkrieg zu provozieren wuchs mit jedem Tag. Die Polizei kämpfte pausenlos gegen die Rebellen und tausende von Menschen kamen in den Achtzigern ums Leben. Erschwert wurde die Situation für die Regierung noch durch den Kampf gegen die Kommunisten in Mosambik und Angola.

Der internationale Druck auf die Regierung und ihr Handeln wuchs. Kulturelle, Sport-, Finanz- und Wirtschaftssanktionen wurden eingeführt. Verbreitete Streiks und Unruhen wiegelten die Situation weiter auf. Erst die neue Regierung unter der Führung des Präsidenten F. W. de Klerk realisierte, dass die Zeit für Reformen gekommen war. Der erste Schritt Richtung eines neuen Südafrikas war die Freilassung Nelson Mandelas nach 27 Jahren Haft im Februar 1990. Die Freilassung Madibas (Vater der Nation), so wurde Nelson Mandela von den Eingeborenen genannt, wurde heldenhaft gefeiert. Präsident de Klerk kündigte das Ende der Rassentrennung an. Ein Wunder war geschehen, ein Traum schien Wahrheit zu werden. Zum ersten Mal saßen weiße und schwarze Vertreter um einen Tisch, um den gemeinsamen Anfang einer neuen Demokratie zu diskutieren.

Die Zeit drängte, denn nicht nur einige Gruppierungen in der weißen Bevölkerung befürchteten ihre Vormachtstellung zu verlieren, auch die Zulus betrachteten die Entwicklung mit gemischten Gefühlen. Die Zulus hatten sich in der Vergangenheit eine Art Zwitterstellung gegenüber der alten Regierung und ihren Traditionen erarbeitet. Es kam zu einer Auseinandersetzung zwischen den Zulus und dem ANC und wieder verloren Tausende ihr Leben. Im März 1993 rief der noch amtierende Staatspräsident de Klerk ein Referendum aus, in dem sich 68,7 % der weißen Bevölkerung für ein neues Südafrika aussprachen. Die Sanktionen wurden aufgehoben und F.W. de Klerk erhielt zusammen mit Nelson Mandela den Friedens-Nobel-Preis. Eine Übergangsverfassung wurde erarbeitet und der Weg für die ersten freien demokratischen Wahlen war geebnet. Die Wahl wurde auf den 27. April 1994 festgesetzt. Doch bis dahin mussten noch viele „Altlasten" beseitigt werden. Damit sind nicht nur sozial-humane Angelegenheiten gemeint, sondern auch Personen und Firmenzweige der Rüstungsindustrie sowie das Nuklearprogramm. Das Atomarsenal sollte in Zusammenarbeit mit amerikanischen Fachkräften aufgelöst werden.

Ob Zufall, Einsicht oder Manipulation größerer Wirtschaftsmächte gerade dann eine Nation zum Umdenken unter dem Druck von Sanktionen zwang, als sie wirtschaftlich boomte, die Projekte wie das Nuklearprogramm rasante Fortschritte machten, die Währung sehr stark und stabil war, bleibt unserer Vorstellungskraft und Spekulation überlassen. Südafrika besitzt ein großes Marktpotenzial, das es zu entwickeln gilt. Ebenfalls ist das Land außerordentlich reich an Bodenschätzen und dank seiner gereiften Infrastruktur überaus bedeutend für den gesamten Kontinent.

2. Die ersten demokratischen Wahlen

Rund 24 Millionen Menschen qualifizierten zu wählen. Auch Anna war erstmals darunter. Sie hatte die südafrikanische Staatsbürgerschaft, war älter als 18 und nicht vorbestraft. Auch ihre Arbeitgeberin, Elisabeth aus Deutschland, qualifizierte, denn sie war mit einem Südafrikaner verheiratet und lebte schon lange in Johannesburg. Auch Staatsbürger, die vor dem 31. 12. 1978 eingereist waren und sich nichts zuschulden kommen hatten lassen, konnten wählen.

Die Spannung war groß. Anna sowie etwa drei Viertel der Bevölkerung wählten zum ersten Mal. Sie war verunsichert, da sie wie viele andere nicht lesen und schreiben konnte. Wie sollte sie den Wahlzettel ausfüllen? Außerdem hatte sie Angst, dass doch noch alles am Wahltag schief gehen könnte, Gewalt ausbricht oder dass sie jemand beim Wählen beobachte. Wie sicher und geheim wird ihre Stimmabgabe sein? Die IEC (Independent Electoral Commission) und andere Organisationen arbeiteten viele Monate rund um die Uhr, um die Wähler aufzuklären. Vor allem dahin gehend, auch das Wahlergebnis zu tolerieren und zu akzeptieren. Demokratie war für Anna also völlig neu.

Nach einer ausführlichen Vorbereitungsphase war es endlich so weit. Die Wahllokale öffneten am 26. April 1994. Bald wurde klar, dass die Menschenmassen, die zum Wählen anstanden, nicht an einem Tag abgefertigt werden konnten. Die Wahlen wurden verlängert und Stimmen konnten vier Tage länger, bis zum 29. April 1994, eingebracht werden.

Auch Anna hatte vor dem Wahllokal übernachtet und gelassen darauf gewartet, ihre Stimme abzugeben. Diese vier Tage verliefen unerwartet gewaltfrei. Doch das Durcheinander war nicht zu übersehen. Viele hatten ihre Stimme zweimal abgegeben. Einige Wahllokale hatten keine Stimmzettel oder nicht genug. Wahlurnen verschwanden auf dem Weg zur Auszählung. Doch trotz der ganzen Verwirrung erklärten die Beobachter der IEC, des Commonwealth und der Organisation of African Unity die Wahlen als frei und fair.

Anna und die etwa 45 Millionen Einwohner Südafrikas fieberten dem Wahlergebnis entgegen. Gewinner der Wahl war der ANC mit überragenden 62,65 %, gefolgt von der National-Party (NP) mit 20,39 % und der Inkatha-Freedom-Party (IFP) mit 10,51 %. Ein Bilderbuchergebnis in vielen Hinsichten.

Die Apartheid war besiegt, die Erwartungen der Menschen waren hoch. Doch vierzehn Jahre später scheint die Stimmung zu kippen, der Triumph verblasst, die Hoffnungen Vieler gehen in Unmut und Frustration über, während der Sieg nur Wenigen vorbehalten scheint. Beobachten wir die Geschichte.

Am 10. Mai 1994 wurde Nelson Mandela zum ersten schwarzen Präsidenten Südafrikas vereidigt. Eine große Herausforderung, nicht nur für ihn, sondern auch für die verantwortlichen Parteien.

2.1 Die wichtigen Parteien

Umstrukturierung und Umdenken innerhalb der Parteien war gefordert. Der ANC, der großen Zuspruch der Gewerkschaft (COSATU) und der Südafrikanischen Kommunistischen Partei (SACP) erhielt, hatte seine Wurzeln im Kampf gegen den Rassismus. Jetzt aber war der ANC in der Verantwortung der Demokratie und des neuen Südafrikas. Der ANC, der in der Vergangenheit als Untergrundorganisation agierte, steht jetzt in der politischen Verantwortung.

Es war schwierig alle Veteranenkämpfer des ehemaligen Militärzweiges „Umkhonto we Sizwe" (MK), Speer der Nation (1961–1994), in die Demokratie zu integrieren. Nelson Mandela versuchte möglichst vielen der alt gedienten MK Mitglieder, eine Arbeit in der Armee oder Polizei zu vermitteln.

Auch die Finanzierung der Partei musste überdacht werden. Es gingen Gerüchte um, dass sich der ANC unter anderem mittels Raubüberfällen auf Geldtransporter finanziert hätte. Auch die Streitigkeiten mit der IFP (siehe IFP) mussten beigelegt werden. Eine besonders schwere Aufgabe in Kwazulu-Natal, denn dort hatte die IFP die Stimmenmehrheit.

Trotz der geballten Problematik war die Zeit reif an das neue Südafrika und an all seine Menschen zu denken. Eine neue Verfassung musste erarbeitet werden, das Gesundheitswesen umgekrempelt werden und ganz besonders sollte jeder Bürger ein Dach über dem Kopf haben. Bis heute ist der ANC die größte Partei Südafrikas und konnte sogar unter der Führung von Thabo Mbeki, dem Nachfolger Mandelas, sein Wahlergebnis 2004 auf knapp 70 % ausweiten. Die Amtszeit endet 2009 und den Parteivorsitz hat bereits ein anderer Mitstreiter, die Partei droht in unterschiedliche Lager zu brechen.

Die nationale Partei hatte die wohl bitterste Pille zu schlucken: von der Führungsrolle zum Koalitionspartner des ANC. Auch hier musste, ähnlich wie im ANC, eine Neustrukturierung der alten Befehlsmacht stattfinden. Auch die alte Regierung hatte ihre Spezialeinheiten wohlorganisiert, welche im neuen Südafrika keinen Platz mehr fanden. Wie aus vielen Erzählungen berühmt geworden, soll zu dieser Zeit auch das gefährliche Buffalo Bataillon aufgelöst worden sein. Es hatte sich seinen Ruf im Einsatzgebiet Angola erworben und wurde im Kampf gegen „Aufständische“ eingesetzt.

Der ehemalige Präsident de Klerk leitete die Partei noch bis 1997, dann wurde sie Oppositionspartei. Unter der neuen Führung von Marthinus van Schalkwyk sollte die Partei den neuen Namen New-National-Party (NNP) – neue nationale Partei – bekommen, um sich von der Apartheid-Geschichte zu distanzieren. Sie wurden von den Wählern abgestraft und erhielten 1999 nur noch 6,9 % der Stimmen. Die Partei schloss sich dem ANC an und erlitt durch das ganze Hin und Her in der Wahl 2004 ein niederschmetterndes Ergebnis mit nur noch 1,9 % der Wählerstimmen.

Dennoch erhielt van Schalkwyk, als Belohnung für die Zusammenführung mit dem ANC, den Ministerposten für Umwelt- und Tourismus-Angelegenheiten, den er bis heute innehält. Er ist ganz besonders um die Geschehnisse der 2010 bevorstehenden Fußball-WM bemüht.

Die Inkatha Freedom Party schaffte es gerade noch, als Partei für die Wahlen 1994 zugelassen zu werden. Bis kurz vor der Wahl war sie nicht von einer friedlichen Lösung überzeugt und tat sich schwer, ihre Vorrangstellung, die sie sich gegenüber der alten weißen Regierung erarbeitet hatte, an den ANC abzutreten.

Viele der Parteianhänger gehörten dem stolzen Zulu-Volk an. Sie glaubten noch immer an ein Zulu-Königreich und hatten ihre Probleme mit der neuen Politik. Trotz allem schaffte es die IFP, unter der Führung von Mangosuthu Buthelezi, ein gutes Ergebnis in der Wahl vorzuzeigen. In Kwazulu-Natal erhielten sie sogar die Mehrheit der Wählerstimmen. Nach all den Jahren der Machtkämpfe gegen den ANC wurde es keine leichte Koalition, besonders in Kwazulu-Natal. Die Koalition mit dem ANC dauerte bis 2004, dann wurde die IFP zur offiziellen Opposition.

Wie zuvor erklärt, war es nicht gerade einfach für die einzelnen Parteien ihre neue Rolle im neuen Südafrika zu finden. Aber der Triumph der ersten gemeinsamen Wahlen war groß genug und gab ausreichend Kraft und Hoffnung ein neues Land aufzubauen, zumindest die Fassade betreffend, die nach dem ersten Jahrzehnt bereits beginnt, abzubröckeln.

Einer der ersten Schritte war der Entwurf einer neuen Verfassung, auf die wir im Anschluss an die wichtige Arbeit der „Truth- and Reconciliation Commission“ zu sprechen kommen.

2.2 Vergangenheitsbewältigung, TRC

Die „Truth- and Reconciliation Commission“, kurz TRC genannt, also die Wahrheitskommission, war ein außerordentlich wichtiges Ventil für Südafrika, sich mit der Vergangenheit und den schrecklichen Geschehnissen derer auseinander zu setzen, sie zu bewältigen und sich zu versöhnen. Die Menschen sollten gemeinsam lernen in eine neue Zukunft zu blicken, die Belastungen der Vergangenheit abzuwerfen und eine Regenbogen-Nation zu werden. Diese Kommission wurde von Präsident Nelson Mandela 1995 ins Leben gerufen. Den Vorsitz hatte Erzbischof Desmond Tutu. Die Kommission mit Sitz in Kapstadt beendete ihre Arbeit im Oktober 1998 mit einem Abschlussbericht.

In dieser Zeit packten viele Zeugen über die unmenschlichen Vorgehensweisen der Apartheid-Regierung, aber auch über die Brutalitäten der Liberalisierungsorganisationen wie den ANC, die IFP und andere aus. Auf allen Seiten wurde in der Vergangenheit Mord, Unterdrückung und Gewalt propagiert. Ein harter Überlebenskampf mit dem Ziel der Macht. Ich könnte viele Seiten interessanter Fälle und unglaublicher Erzählungen auflisten, doch das würde in diesem Buch zu weit führen. Deshalb möchte ich mich nur auf die drei Interessantesten beschränken und kurz die wichtigsten Organe erklären.

Das erste Organ der Kommission beschäftigte sich mit Menschenrechtsverletzungen, die zwischen 1960 und 1994 stattfanden. Das zweite Organ konzentrierte sich auf Reparationen, Rehabilitationen und sollte sicherstellen, dass die jeweiligen Opfer ihre Würde wiedererlangen konnten. Das dritte Organ bearbeitete Amnestieanträge. Diese wurden bevorzugt von Polizeibeamten ausgefüllt, die mit ihrer Berufsausübung unter der ehemaligen Regierung ins Reine kommen wollten.

Werfen wir einen kurzen Blick auf drei Fälle, die stellvertretend für viele weitere vor der Kommission verhandelte Vorfälle sind.

- Dem ehemaligen Staatspräsidenten PW Botha wurde vorgeworfen, Menschen haben umbringen zu lassen, die anderer politischer Gesinnung waren.
- Mangosuthu Buthelezi wurde für die Unruhen seiner Anhänger als Führer der IFP verantwortlich gemacht.
- Winnie Madikizela-Mandela, die heute geschiedene Frau von Nelson Mandela, wurde beschuldigt den Mandela United Football Club gegründet zu haben. Der Fußballklub wurde Folterungen, Misshandlungen und Morde bezichtigt.

Wie an den Beispielen zu erkennen, gab es viele Opfer auf allen Seiten und es war ein langer blutiger Weg bis zur neuen Demokratie. Doch der Vorsitzende Desmond Tutu ist am

Ende der Kommissionsarbeit mit dem Ergebnis zufrieden und strahlt große Hoffnung für eine vereinte Regenbogen-Nation aus.

Die Wahrheitskommission riet der neuen Regierung zu Abfindungszahlungen an die Opfer der Apartheidzeit. Doch entgegen der erhofften großzügigen Zahlungen gestand die neue Regierung anerkannten Opfern nur eine einmalige Abfindung von 3500,00 Rand zu. Dies führte dann schließlich 2003 zu einer Sammelklage vor US-Gerichten. Die ehemaligen Opfer fordern eine Entschädigung von Firmen aus dem Ausland, die ihrer Meinung nach zur Apartheid beigetragen hätten. Die Klage richtet sich unter anderem gegen drei deutsche Banken, Daimler Chrysler und den Rüstungsriesen Rheinmetall. Der Weg zur Versöhnung scheint doch länger und steiniger zu sein als erhofft.

3. Südafrikas Verfassung im Alltag

Im Februar 1997 trat endgültig die neue Verfassung in Kraft. Sie wird als eine der fortschrittlichsten demokratischen Verfassungen der Welt gewertet und ist einmalig auf dem schwarzen Kontinent. Ganz besonders hebt sie sich durch den Schutz und die Förderung der Menschenrechte „Bill of Rights" ab. Jeder ist vor dem Gesetz gleich, hat Würde und das Recht zu leben. Die Freiheit und Sicherheit der Person, die faire Beziehung zwischen Arbeitgeber, Arbeitnehmer, eine gesunde Umwelt, ein Dach über dem Kopf, Gesundheitsfürsorge und Bildung werden gewährleistet. Dies sind nur einige bemerkenswerte Punkte aus der Verfassung. Doch wie sieht der Alltag aus?

Ein Alltag, dem ich besondere Aufmerksamkeit widmen möchte, da er sich so sehr von den Berichten der staatlichen Aufsichtsbehörden unterscheidet und doch so einfach überall zu beobachten ist. Die Bewohner des neuen Südafrikas leben und erleben täglich diesen Alltag, den Versuch zu überleben, den Sonnenaufgang auch am nächsten Morgen noch erblicken zu können.

Anna, das Hausmädchen aus Johannesburg, fühlt sich betrogen. Sie muss mit ihrem kleinen Einkommen fünf Kinder ernähren. Der Vater lässt sich nur einmal im Monat blicken und zwar immer dann, wenn Zahltag ist. Er prügelt das Geld aus ihr und versäuft es an der nächsten Ecke. Dann erinnert er Anna an ihre weiblichen Pflichten, denn er muss als stolzer Zulu seine Männlichkeit mit der Zeugung eines Kindes beweisen. Und das mindestens jährlich, sonst ist es aus mit seiner Würde. Sollte es nicht klappen, versucht er es bei der nächsten Frau. Die Kinder interessieren ihn nicht.

Die nette deutsche Arbeitgeberin ist inzwischen nach Europa gezogen, sie hatte Glück einen Pass aus Übersee zu besitzen. Die neue schwarze Familie, die jetzt das Haus im noblen Vorort von Johannesburg besitzt, hat nicht viel Sympathie für Annas Probleme. Anna ist krank, sie hat ein offenes Bein und die notwendig gebrauchten Medikamente sind teuer. Eines ihrer Kinder ist an Aids erkrankt, zwei sind arbeitslos, eines besucht mehr oder weniger die Regierungsschule in einer überfüllten Klasse und das jüngste Kind trägt sie auf den Rücken gebunden durch ihren Arbeitstag. Das Schulgeld und die Kosten für die Schuluniform kann sie kaum aufbringen. Sie lebt mit den Kindern in einer Einzimmerwohnung, welche im hinteren Trakt des Hauptgebäudes angebaut ist. Irgendwie hatte sie sich das alles im neuen Südafrika anders vorgestellt.

Anders vorgestellt hatte sich das auch die ehemalige Arbeitgeberin von Anna. Auch sie gehörte zu den fast 70 Prozent der Weißen, die im Referendum für ein neues, gemeinsames und friedliches Südafrika stimmten. Ihr Mann hatte seine Arbeit dank „Affirmative Action" verloren und wurde während eines „Carhijacking" (bewaffneter Autoraub) an der Hofeinfahrt ermordet. Eben Alltag in Südafrika.

Die Söhne hatten keine fairen Chancen auf Ausbildungsstellen, denn im neuen Südafrika spielte nicht mehr nur die Qualifikation, sondern die Hautfarbe und das Geschlecht eine große Rolle bei der Stellenvergabe – schwarze Mitarbeiter und Frauen werden bevorzugt eingestellt. Es blieb also nur noch der Ausweg auszuwandern, eine Chance die Anna ohne Ausbildung mit ihrem südafrikanischen Pass nicht hat. Sie hat keine zweite Staatsbürgerschaft. Sie vermisst die junge deutsche Familie sehr und die deutsche Familie hat große Sehnsucht nach Südafrika, den zurückgebliebenen Freunden und nicht zuletzt den schönen Stränden, Sonnenuntergängen und den Nationalparks, Boerewors (einheimische Bratwurst), Biltong (getrocknetes Fleisch) und Rugby.

Das geschilderte Beispiel ist stellvertretend für hunderttausende von gleichen oder ähnlichen Schicksalen. Nur nach wenigen Zeilen lässt sich die Verfassung falten.

3.1 Obdach und Landreform

Schauen wir am Beispiel von Anna und ihrem Lebensweg mal etwas genauer hin.

Sie lebte schon seit einigen Jahren bei der Familie aus Übersee. Für ihren Mann war in der Einzimmerwohnung kein Platz. Er wohnte in einem „Squatter Camp“ (Unterschlupf aus Wellblech) am Standrand. Anna hoffte mit ihrem Mann auf das Hausbauprogramm von Nelson Mandela. Sie sagt: „Madiba hat jedem ein Dach über dem Kopf versprochen.“ Und damit hat sie nicht Unrecht, denn gemeint ist damit das „Housing White Paper“. Dieses Dokument setzte sich zum Ziel, dass jährlich mindestens 300 000 Häuser und innerhalb von fünf Jahren ein Minimum von einer Million „Billighäuser“ entstehen sollten. Die neue Regierung hatte richtig erkannt, dass das Wohnungsproblem und die Not und Nachfrage nach Obdach groß waren.

Die Hälfte der Bevölkerung lebte zu Beginn des neuen Südafrikas unter der Armutsgrenze und diese Zahl hat sich nach Schätzungen auch bis heute kaum nennenswert verändert, im Gegenteil, sie steigt. 1994 hatten noch immer rund 16 Millionen Menschen kein sauberes Trinkwasser. Diese Zahl reduzierte sich bis zum Millenniumswechsel auf geschätzte sieben Millionen Menschen und es besteht Grund zur Hoffnung, dass bis 2010 alle Südafrikaner sauberes Trinkwasser zur Verfügung haben werden. Vergleichbar sind die Zahlen bezüglich Elektrizität.

Die neue Regierung machte bei ihrer Kalkulation allerdings einen schweren Fehler. Es wurde gebaut und gebaut, über neue Kraftwerke oder den Unterhalt der alten Elektrizitätswerke zerbrach sich niemand den Kopf. Die Folge: Seit Ende 2007 hat niemand mehr genug Strom. Die Elektrizitätsgesellschaft hat ihre Kapazitäten nicht erweitert. Das Apartheiderbe ist langsam aufgebraucht und Versorgungsengpässe werden immer häufiger.

Nach einer veröffentlichten Statistik des „South African Department of Housing" wurden in den ersten sechs Jahren der neuen Regierungszeit, also zwischen April 1994 und März 2000, gerade unter einer Million Häuser fertiggestellt bzw. befinden sich diese im Bau. Bis einschließlich 2006 werden die neuen Häuser auf 1,8 Millionen geschätzt. Ein gewaltiger Erfolg für die Regierung, aber dennoch nicht mit dem ursprünglichen Ziel vergleichbar.

Das erstrebenswerte Ziel, jedem Obdach zu gewähren, rückt mit dem Beginn der Fußball- Weltmeisterschaftsvorbereitungen 2010 immer weiter in den Hintergrund. Die überteuerten Stadienbauten, die Anfang 2007 begonnen wurden, verschlingen wesentlich mehr als in den Budgets geplant. Diese zusätzlichen Milliardenbeträge schneiden andererseits aber in die Sozialprogramme der Regierung ein.

Nelson Mandela erkannte bereits zwei Jahre nach der Verabschiedung des „Housing White Papers", dass das Ziel nicht annähernd erreicht werden konnte. Unzulänglichkeiten in der Verwaltung, Missmanagement und Korruption werden als die Hauptursachen betrachtet.

Viele Häuser waren einfach nicht auf die Bedürfnisse der Wohnungssuchenden zugeschnitten. Sie waren viel zu klein, denn die Familien, die darin leben wollten, hatten meist fünf, zehn oder mehr Familienmitglieder. Das war auf 30 m^2 schwierig. Oft wurden Gegenden als Baugebiete lokalisiert, in deren Umgebung es aber keinerlei Infrastruktur gab. Keine Schulen in der Nähe und keine Arbeitsplätze, geschweige denn öffentliche Verkehrsmittel.

Andere, denen Häuser zugeteilt wurden, konnten diese durch drohende Arbeitslosigkeit nicht unterhalten (Nebenkosten für Strom, Wasser usw.), finanzieren oder reparieren. War einmal eine Fensterscheibe kaputt, so konnte diese nur notdürftig überklebt werden. Viele dieser Gegenden sahen nach kurzer Zeit wieder aus wie Slums.

Es fehlte auch Geld, um an die von der Regierung bereitgestellten Bauplätze mit kleinen Häuschen darauf anzubauen. Auch die Regierung hat ihrerseits nicht die finanziell nötigen Mittel, um viele der angefangenen Projekte fertigzustellen. So sahen nach geraumer Zeit viele gut gemeinte Projekte aus wie die Landschaft zwischen Johannesburg und Pretoria.

Anna nennt diese verwaisten Landschaftsstriche „Toilettenlandschaften“ und tatsächlich ist das genau der Eindruck, der beim Hinsehen entsteht. Anna muss nicht lange auf dem Weg zu ihrer Geburtsstätte nach diesen Landschaften suchen. Es scheinen Tausende von diesen verlassenen winzigen Häuschen in Südafrikas üppiger Vegetation herumzustehen.

Bauland zwischen Johannesburg und Pretoria
© J. Ellmer

Anna kann nicht verstehen, warum ihr Mann noch immer kein Häuschen für sie und die Kinder bekommen hat. Auch ihr Mann ist frustriert, weiter in der Wellblechhütte hausen zu müssen. Aus Frust prügelt er wie gewohnt, das bisschen Einkommen, welches Anna als Hausmädchen verdient, aus ihr heraus. Ein Teufelskreislauf, aus dem es immer schwieriger scheint, zu entkommen. Dennoch ist sie dankbar, denn sie gehört nicht zu den vielen Millionen, die unter der Armutsgrenze leben und mit weniger als etwa 350 Rand im Monat versuchen müssen auszukommen.

Die schwarze Familie, für die sie jetzt arbeitet, hatte mehr Glück. Während sich die Mehrzahl der Jugendlichen in den Achtzigern auf den Straßen Schlachten lieferten und für ein besseres Südafrika kämpften, ja sich sogar gegen die Machtlosigkeit ihrer Eltern auflehnten, besuchte Maxwell die Schule und studierte. Er hat einen Abschluss als Bauingenieur und das Geschäft boomt. Wie wir zuvor gelernt haben, wurden noch nie so viele Häuser wie zwischen 1994 und heute in so kurzer Zeit in einem Land auf dem afrikanischen Kontinent gebaut.

Obwohl die Zielsetzung nicht erreicht wurde, dennoch eine beachtliche Leistung. Maxwell ist genau zur richtigen Zeit im richtigen Business. Die Aufträge werden ohnehin von der neuen Regierung leichter an einheimische Firmen mit schwarzem Management vergeben als an die etablierten Baugesellschaften mit weißen Vorständen.

Maxwell und seiner Familie geht es finanziell sehr gut und seine Firma wächst täglich wie im Schneeballeffekt. Für ihn hält das neue Südafrika viel von dem, was es versprochen hatte. Aber vor allem ist er qualifiziert. Denn viele der qualifizierten Arbeitskräfte haben längst ihre Chance genutzt, um Südafrika den Rücken zu kehren. Anwälte, Ärzte, Ingenieure, Wissenschaftler – viele von ihnen haben verlockende Angebote in England, Australien oder Kanada angenommen. Für sie war es auch finanziell möglich, Südafrika zu verlassen. Südafrika leidet heute mehr denn je unter Fachkräftemangel, trotz neuer Schulen und gigantischen Ausgaben für das Bildungswesen.

Maxwell hingegen schöpft die Vorteile des neuen Südafrikas aus. Er kann es sich leisten, seine Kinder auf die Privatschule zu schicken. Für Anna und ihre Familie sieht es anders aus. Schon vor zehn Jahren hatten sie sich auf die Liste der Stadtverwaltung für Wohnungsbedarf setzen lassen. Viele haben auch inzwischen eine Unterkunft bekommen. Der Mann von Anna sieht das so: „Viele andere, die in der kleinen Siedlung in den Wellblechhütten wohnen, haben seit 1994 für den ANC gestimmt. Aber die vergessen uns. Wir haben nicht das Geld, um die Wohnungsbehörde zu bestechen. Stimmst du nicht für den ANC, wird es umso schwieriger. Uns wird nur immer gesagt, wir sollen uns auf der Liste anmelden, das aber tun wir schon seit vielen Jahren und bekommen trotzdem keine Wohnung."

Unterschlupf für Mensch und Vieh
© J. Ellmer

Die Menschen sind verbittert und verlieren die Hoffnung bezüglich der Versprechen der Regierung. Viele verzweifelte Menschen besetzen einfach Land und die Bereitwilligkeit, dies notfalls auch gewaltsam zu verteidigen, wächst. Ebenso wächst der Druck auf die Regierung, zu handeln. Doch deren Budget ist stark belastet, steht doch die Fußball-WM an und werden doch zudem Gelder verschwendet, da Aufträge nicht an die günstigste Firma, sondern an Firmen mit schwarzem Management vergeben werden, und seit 2008 kommen noch die Steuerverluste aus der Industrie dazu, verursacht durch tägliche Produktionsausfälle, die auf die Energieversorgung zurückzuführen sind.

Um den Hauserwerb zu erleichtern, d.h. ein subventioniertes Häuschen von der Regierung erhalten zu können, verzichtet die Wohnungsbehörde seit Mai 2005 auf die 10%-Anzahlung des Hauspreises für diejenigen, deren Einkommen unter 1500,00 Rand im Monat liegt. All jene, die mehr verdienen, können in Raten zahlen. Der Preis für ein Häuschen liegt bei etwa 25 000,00 Rand. Die Regierung hat sich vorgenommen die informellen Siedlungen mit dem Wohnungsbauprogramm bis 2014 zu ersetzen, doch der Kreislauf scheint in vollem Gange: Je mehr Wohnungen, umso mehr informelle Siedlungen entstehen.

Fassen wir an dieser Stelle kurz zusammen. Laut Verfassung steht jedem Bürger Obdach zu. Die Regierung ist zwar oberflächlich bemüht, bleibt jedoch weit hinter den gesetzten Zielen zurück.

Die wachsende Problematik zeigt sich auch an den Obdachlosenzahlen in Johannesburg. Die Obdachlosen werden in der größten südafrikanischen Stadt zwischen 500 000 und 800 000 geschätzt. Egoli, Stadt des Goldes, wie Johannesburg genannt wird, zog schon seit vielen Generationen Arbeitssuchende an. Der Goldrausch ist längst vorbei, aber der Ruf der Stadt ist geblieben. So kommen zum einen viele Arbeitslose aus ganz Südafrika in der Hoffnung auf einen Job nach Johannesburg, aber ebenso viele aus den angrenzenden Ländern wie Angola, Zimbabwe und Mosambik. Zuwanderung findet aber auch aus unruhigen Regionen wie der Elfenbeinküste, Somalia, Sudan und der demokratischen Republik Kongo statt. Sie alle kommen in der Hoffnung auf Arbeit nach Johannesburg.

Die Wellblechhüttensiedlungen, auch „Informal Settlement“ genannt, nehmen um Johannesburg herum stetig zu.

Die Stadtverwaltung schätzt die Anzahl der Haushalte auf etwa 200000 bis 250000. Diese Siedlungen haben häufig keine Toiletten oder sauberes Wasser. Für Entsetzen sorgt die Nachricht aus der Stadtverwaltung, dass mehr als 200 Gebäude im Stadtkern als baufällig und damit „nicht bewohnbar" eingestuft wurden und abgerissen werden sollen – baufällige Gebäude, die aber bis zu 25 000 Menschen Unterschlupf gewähren. Viele dieser Gebäude liegen in der Nähe der Fußballarenen und sind richtige Schandflecke. Südafrika möchte sein Gesicht in der Öffentlichkeit vor den vielen Fußballfans behalten, da verkaufen sich diese heruntergekommenen Viertel wie Bertrams schlecht. Doch wohin mit den Menschen, die dort ihren einzigen Unterschlupf haben? Sie werden sich wohl kaum die neuen Billigwohnungen in ihrem Bezirk leisten können.

Ein ganz neues Bild zeichnet sich aber auch darin ab, dass heute viele weiße Familien diesem Kreis angehören. Wie zuvor erwähnt, sind in der Nachapartheidzeit viele qualifizierte Arbeitskräfte ausgewandert. Zurückgeblieben sind unter anderem die weißen Familien, deren Angehörige keine Ausbildung oder eine geringere Ausbildung haben und sich einen Neuanfang bei dem schlechten Wechselkurs in einem anderen Land nicht leisten können. Die weniger anspruchsvollen Stellen sind jetzt überwiegend mit schwarzem Personal besetzt. Diese Umstrukturierung hat dabei viele Burenfamilien mit in den Strudel der Armut gerissen. Noch vor einem Jahrzehnt unvorstellbar, jetzt das Bild der Wohnungssuchenden Weißen in den Elendsvierteln.

Weiße Bettler
© J. Ellmer

Straßenverkäufer in Pretoria
© J. Ellmer

Ebenso verändert das Straßenbild in den Städten. Zwischen den unzähligen Händlern, die versuchen den anhaltenden Autofahrern Avocados, Radios und Getränke zu verkaufen, stehen Frauen mit blonden Kindern und betteln um Almosen. Es sind aber nicht nur Frauen und Kinder, beim genauen Hinsehen tummeln sich alle Altersklassen und Geschlechter sowie absolut alle Rassen am Fahrbahnrand.

Hier an der Straßenkreuzung von Rivonia, einem noblen Vorort von Johannesburg, ist Südafrika definitiv eine Regenbogen-Nation geworden. Diese Kreuzung kennt keine Hautfarbe, keinen Reichtum und keine Armut. Sie scheint alles in einem zu verkörpern. Schwarze Geschäftsleute in Limousinen, weiße Bettler, schwarze Straßenverkäufer – der neue Alltag in Südafrika.

Aber nicht nur die weniger qualifizierten Bürger fürchten um ihre Zukunft, sondern auch die Farmer. Wer die Farmmorde überlebt, den erwartet noch ein weiteres Sorgenkind, die Landreform. Knapp unter einer Million Menschen hat die Regierung bisher Ausgleich für Enteignung während der Apartheidzeit gewährt. Diese wurden entweder in Form von Zahlungen erstattet oder in Form von Land zurückgegeben. Bisher wurden für diese Zwecke etwa eine Million Hektar Land verteilt, mit dem Ergebnis, dass 16 % der Ländereien der schwarzen Bevölkerung angehören. Bis 2014 will die Regierung diesen Prozentsatz auf 30 anheben.

Den bisher weißen Farmern wird im Gegenzug eine Entschädigungszahlung angeboten, die aber häufig von den Bauern abgelehnt wird, da sie für die jahrzehntelange harte Aufbauarbeit der Plantagen zu niedrig erscheint. Die Bauern haben Angst einem ähnlichen Szenario wie beim Nachbarn Zimbabwe zum Opfer zu fallen und sind ratlos.

3.2 Die neue Nationalflagge

Ist das auch jene Geschichte, die die neue Nationalflagge Südafrikas erzählt? Sie ist Bestandteil der neuen Verfassung. Eine Flagge, die voller Hoffnung, Mut und Inspiration entworfen wurde. Reden wir nicht noch allzu häufig von Schwarz und Weiß, anstatt – wie in der Flagge vorgesehen – den Weg einer Regenbogen–Nation zu gehen? Lassen wir uns, in einem kurzen Ausflug zur südafrikanischen Flagge, von dieser inspirieren. Sie soll weltweit die einzige sechsfarbige Flagge sein. Der Designer hatte sich in seiner Kreation Folgendes ausgedacht:

Rot symbolisiert das Blutvergießen in vergangenen Kriegen und Konflikten, das Blau repräsentiert den Himmel und die beiden Ozeane, die das Land umkreisen. Das Grün zeigt die über das große Land weit verbreiteten Nationalparks und Farmen. Das Gelb ist stellvertretend für die Bodenschätze Südafrikas, besonders für das Gold. Das Schwarz und Weiß zeigen die Bewohner der Nation. Das Y symbolisiert den neuen Weg der vereinigten Republik.

Aus den gleichen Farben besteht auch das Symbol der Fußball-Weltmeisterschaft, die 2010 in Südafrika ausgetragen werden soll. Im Vordergrund ein Fußballspieler im Fallrückzieher und der Hintergrund in Südafrikas Farben. Auf dieses Thema kommen wir in den folgenden Kapiteln noch ausführlich zu sprechen.

Joe, ein Straßenmusikant, beschreibt die Flagge mit seinen Augen in den Worten: „Rot symbolisiert das tägliche Blutvergießen im neuen Südafrika, eine Kultur der Gewalt und Kriminalität, die vor nichts zurückschreckt, das Blau repräsentiert die hohen Budgetausgaben des Militärs für Flugzeuge und U-Boote, also Himmel und Wasser, das Grün zeigt die Landstriche, die dem politischen Werdegang Zimbabwes ähnlicher werden, das Gelb die sich dem Ende neigenden Goldvorräte, das Schwarz und Weiß symbolisiert das gemeinsame Interesse an der Fußball-WM und das Y den Weg einer sich spaltenden Nation zwischen Armut und Reichtum."

National Flagge Südafrika
Design und © Eva Ellmer

3.3 Die neue Nationalhymne

Auch sie ist wie die Nationalflagge in der Verfassung verankert und verbreitet viel Hoffnung und Gemeinsamkeit. Ganz besonders ihr letzter Absatz stimmt auf ein gemeinsames Südafrika ein.

„*Sounds the call to come together,*
Ertönt der Ruf zusammenzukommen,
And united we shall stand,
Und einig stehen wir bereit,
Let us live and strive for freedom,
Für Freiheit wollen wir leben und kämpfen,
In South Africa our land."
In Südafrika, unserem Land.

3.4 Offizielle Sprachen und Sprachenvielfalt

Es gibt wohl kaum ein anderes Land auf Erden mit einer solchen Sprachenvielfalt wie Südafrika. In der Vergangenheit waren Afrikaans und Englisch die Amtssprachen. Das hat sich im neuen Südafrika geändert, denn jeder hat das gleiche Recht sich seiner Muttersprache zu bedienen. So wurden 11 offizielle Amtssprachen in der Verfassung garantiert. Die meistgesprochenen sind Zulu, Xosa und Afrikaans, gefolgt von Englisch, Sepedi, Setswanan, Sesotho Xitsonga, SiSwati, Tshivenda und isiNdebele.

Insgesamt kann von etwa 800 Dialekten und Sprachen ausgegangen werden, die in Südafrika praktiziert werden. Das Problem der Verständigung scheint jetzt aber größer denn je. Aus diesem Grund hat das Ministerium für Kunst und Kultur im Mai 2005 einen neuen Bürgerdienst ins Leben gerufen. Versteht beispielsweise ein Beamter die Sprache eines Bürgers nicht, so haben diese jetzt die Möglichkeit sich über den „Telefone Interpreting Service for South Africa“ (TISSA) zu unterhalten. Hierbei handelt es sich um einen telefonischen Übersetzungsdienst, der die Verständigung ermöglichen soll.

Trotzdem keine leichte Aufgabe, denn durch die verschiedensten kulturellen Hintergründe unterscheidet sich das Denken und Verstehen in vielen Fällen erheblich. Ein gemeinsamer Weg wird sich in den nächsten Jahren erst noch entwickeln müssen.

3.5 Bildung und Beruf

Wir haben gerade über die Vielfalt der Sprachen gestaunt. Im Gegensatz zur Vergangenheit, in der die Schüler Afrikaans lernen mussten, hat heute jeder Schüler das Recht, in einer staatlichen Bildungseinrichtung Unterricht in seiner Muttersprache zu bekommen. Ebenfalls hat jeder das Recht auf eine grundlegende Bildung, auch die Erwachsenen.

Laut Statistik konnte erreicht werden, dass seit 2003 bereits 97 % der südafrikanischen Kinder im Schulalter eine Schule besuchen. Wenn man allerdings die örtlichen Gegebenheiten der „Wellblechhütten“-Gegenden kennt, scheint diese Zahl etwas zu optimistisch angesetzt. Angeblich erreichten auch mehr Schüler das Matric (12. Schuljahr = Universitätszugangsberechtigung). Ob das daran liegt, dass mehr Schüler die Schule besuchen und sich das Bildungswesen verbessert hat oder daran, dass die Schulen allmählich an Standard verlieren, bleibt zu beobachten.

Trotz dieser verbesserten Zahlen können die zahlreichen Probleme im Bildungswesen nicht außer Acht gelassen werden. Ganz besonders die 7 bis 18-jährigen haben oft keine Schulbücher oder Geld für die Schuluniform. Allzu oft mangelt es an einer funktionierenden Organisation, etwa dem Verteilen der Bücher. Viele der Schüler sind für ihre Klasse viel zu jung oder hoffnungslos zu alt. Außerdem sind viele Schüler durch Krankheiten verhindert, am Unterricht teilzunehmen. Viele werden bereits mit dem HIV-Erreger geboren. Jede zehnte Schülerin bleibt dem Unterricht fern, mit der Entschuldigung schwanger zu sein.

Aber auch die Erwachsenen-Bildung darf nicht vernachlässigt werden. Denn immer noch kann fast ein Fünftel der Bevölkerung nicht lesen oder schreiben. 20% der gesamten Staatsausgaben fließen in das Bildungswesen. Viele Eltern sehen aber für ihre Kinder auf den staatlichen Schulen keine niveauvolle Ausbildung und schicken sie deshalb bevorzugt zu privaten Bildungseinrichtungen, wenn sie es sich leisten können. Während früher überwiegend weiße Kinder diese Eliteschulen besuchten, sind es heute überwiegend schwarze Schüler. Wie beispielsweise die Kinder von Maxwell, dem Bauingenieur, den wir schon in den vorangegangenen Kapiteln kennen gelernt haben.

Auch die Zahl der schwarzen Studenten ist beträchtlich gestiegen. Einige weiße Studenten fühlen sich ungerecht behandelt. Sie sind der Meinung mehr für eine gute Note leisten zu müssen als die Studenten der ehemaligen Townships. Dies führt natürlich zu Unmut unter den Studenten, denn so mancher blonde Student kommt inzwischen aus dem gleichen Überlebenskampf und Umfeld wie seine Mitstudenten. Ob die Ungleichbehandlung nur gefühlt oder tatsächlich praktiziert wird, scheint nicht klar beantwortet werden zu können.

Auch haben wir zuvor gelernt, dass das alte Klischee, weiß = reich, im neuen Südafrika nicht länger in dieser

Form aufrechtzuerhalten ist. Es gibt immer mehr sehr reiche schwarze Familien, die gerne in die Ausbildung ihrer Kinder investieren.

Auch Johann, ein Student der RAU-Universität, findet diese angeblich unterschiedliche Behandlung diskriminierend. „Was hier geschieht, ist Apartheid Reverse (rückwärts). Wir haben am Ende des Studiums zwar alle den gleichen Abschluss, doch musste ich mein Diplom mit wesentlich höheren Punkten erzielen. Das nimmt man ja noch hin, denn schließlich studiert man, um möglichst viel für den zukünftigen Job zu lernen. Jetzt aber geht die Ungerechtigkeit für mich noch ein großes Stück weiter, nämlich nach dem Studium bei der Stellenvergabe. Wir bewerben uns jetzt mit dem gleichen Abschluss, aber mit großer Wahrscheinlichkeit wird der schwarze Mitbewerber bevorzugt eingestellt werden. Denn auch im Berufsleben begegnen wir ‚Affirmative Action' oder richtiger ausgedrückt ‚Broad-Based Black Economic Empowerment' (BEE) im übersetzten Sinne ‚umfassende schwarze wirtschaftliche Ermächtigung' oder mit meinen Worten, die Bevorzugung Schwarzer bei der Stellenvergabe."

Wie aus den Worten hervorgeht, möchte die Regierung die Ungleichverteilung des Wirtschaftspotenzials zwischen Schwarz und Weiß umlenken. Im engeren Sinne definiert, dient BEE dazu, Unternehmenskapital von weißen Inhabern auf schwarze Inhaber zu übertragen. Zielsetzung ist, eine substanziell hohe Anzahl schwarzer Menschen in allen Bereichen der Wirtschaft zu integrieren. Dazu gehören schwarze Arbeitnehmer im Management oder als Eigentümer oder Teilhaber der Firmen.

Das Kapital soll auf diese Weise nach und nach gerechter verteilt werden, d. h. aus den Händen der weißen Unternehmer fließen. Das Einkommen soll so fairer zwischen den

Bevölkerungsgruppen verteilt werden. Der BEE-Prozess beinhaltet Elemente wie die Entwicklung des Personalwesens, Gerechtigkeit in der Stellenvergabe, bevorzugte Stellenvermittlung, Eigentum und Kontrolle des Unternehmens sowie des Kapitals. Als Erfolg wird von der Regierung gewertet, wenn die Anzahl der schwarzen Bürger, die eine Firma besitzen oder kontrollieren, steigt.

Da dies etwas missverständlich klingt, möchte ich an dieser Stelle kurz die „BEE Score Card" erklären. Dies ist eine Punktekarte, die bei der Vergabe von Aufträgen als Position in der Ausschreibung zu berücksichtigen ist. Punkte werden für die Verteilung der Firmenanteilseigner vergeben, also dafür, wie Gewinne verteilt werden und wie viele schwarze Personen eine leitende Position im Management bzw. im Aufsichtsrat haben. Ebenso werden Punkte für die Entwicklung in der Stellenbesetzung vergeben, z. B. für Aus- und Weiterbildungsmaßnahmen schwarzer Mitarbeiter im Gesamtverhältnis zu den gesamten Personalkosten. Ebenfalls gehören die Zusammenarbeit mit schwarzen Firmeninhabern und die Investition in von Schwarzen geführten Betriebe mit zur Punkteliste. Auch das Anstreben dieser Bedingungen verhilft zu Punkten.

Mike, der weiße Geschäftsführer einer mittelständischen, renommierten Klempnerfirma erklärt den Prozess folgendermaßen: „Ich habe kein Problem, mit schwarzen Mitarbeitern auszukommen, schließlich bin ich in Afrika aufgewachsen und zusammen mit schwarzen Kindern zur Schule gegangen. Jedoch fällt es mir schwer, gegen die Großen in der Industrie zu konkurrieren. Sie verfügen über ein viel größeres Kapitalvolumen, um dies in ihr Personalwesen und die Aus- und Weiterbildung ihrer Mitarbeiter sowie gezielte Subunternehmer zu investieren.

Ich z. B. zahlte 50 000 Rand für Bücher und Ausbildungsstunden für einen schwarzen Klempner. Die Regierung hatte einen Zuschuss versprochen. Als ich diesen einfordern wollte, hieß es, diese Abteilung sei inzwischen bankrott. Für ein klein- bzw. mittelständiges Unternehmen ist das für die Ausbildung einer Fachkraft sehr viel Geld. Aber ohne diese Nachweise haben wir keine echte Chance auf dem Markt bei der Auftragsvergabe.

Hinzu kommt in Südafrika noch das Problem des Auftragsrisikos, welches ich bis zu 80% schätzen würde. Damit meine ich den Personalverlust durch Aids, die Unproduktivität vieler Mitarbeiter, die keinen Willen zum Arbeiten aufbringen, die Qualität der Ausführung und die wahnsinnig hohe Diebstahlrate meiner Werkzeuge und Materialien. Ganz besonders hohe Einbußen muss ich für den Kupferrohrklau hinnehmen. Wir haben teils schon fertig installiert, und dann werden die Rohre über Nacht wieder aus den Wänden oder dem Fundament gerissen. Die Schäden sind hoch. In dieser Branche zu überleben ist hart. Mein Arbeitseinsatz liegt sieben Tage die Woche bei über 12 Stunden täglich, um den Laden am Laufen zu halten. Und dann soll ich mir auch noch einen schwarzen Anteilseigner suchen."

Das als Brecheisen verwendete BEE der Regierung, um gerechtere Vermögensverteilung zu erzielen, scheint nicht auf allen Ebenen fair zu sein. Besonders ist es verwunderlich, dass nach über 14 Jahren der Demokratie solche Praktiken noch immer Anwendung finden. Für eine Übergangsphase wären diese Mittel bestimmt akzeptabel und vernünftig gewesen, doch langfristig haben diese Praktiken in einer echten Demokratie keinen Platz. Die Regierung hat auf diese Weise bereits viele Fachkräfte aus Südafrika verscheucht. Der Fachkräftemangel nimmt stetig zu. Teilweise werden sogar Rentner aus dem Ruhestand zurückgeholt, um Wartungsarbeiten an Dämmen usw. durchzuführen.

Zurück zu Johann, der sein Studium im November 2007 beenden wird. Er ist um seine Zukunft besorgt: „Als junger weißer Mann habe ich in Südafrika kaum eine Chance auf einen Arbeitsplatz. Diese scheinen vorbehaltlich den schwarzen Jungs und ganz besonders den Mädchen zu gehören."

3.6 Frauen in Südafrika

Es ist richtig, was Johann sagt, er muss jetzt auch mit Frauen konkurrieren. Dafür aber gibt es eine Berechtigung. Hauptsächlich sind die Frauen des Landes von Armut und mangelnder Schulbildung betroffen. Zwar sind 41 % der Frauen berufstätig, jedoch gibt es kaum weibliche Führungskräfte oder Geschäftsführerinnen. Beispielsweise gibt es unter den etwas über 360 notierten Unternehmen an der Börse nur sieben Frauen in der Geschäftsleitung bzw. als Vorstandsvorsitzende. Schauen wir mal wieder in die Verfassung. Sie definiert die Gesellschaft als demokratisch, nicht-rassistisch und nicht-sexistisch. Es sollte also Gleichberechtigung zwischen Mann und Frau herrschen.

Die Regierung setzt ein Beispiel dafür, denn am Ende der Amtszeit von Mandela gab es lediglich vier Frauen im Kabinett. Thabo Mbeki hatte bereits bis zu seiner zweiten Wahlperiode 12 der 28 Ministerposten an Frauen vergeben und zehn der 21 stellvertretenden Ministerposten. In der Regierungszusammensetzung hat sich also etwas im neuen Südafrika verändert.

Im Alltag aber werden viele Frauen noch immer verprügelt und vergewaltigt. Südafrika liegt an der Spitze der Vergewaltigungsstatistiken weltweit. Täglich werden über 150 Frauen vergewaltigt. Jeder zweiten Frau widerfährt dies mindestens einmal in ihrem Leben in Südafrika und die Zahlen steigen seit 2007 wieder drastisch an. Zu bemerken ist, dass die Dunkelziffer um ein Vielfaches höher liegen mag, denn nicht alle bringen die Kraft und den Mut zu einer Anzeige auf. Andere nehmen von Anzeigen Abstand, da sie der Meinung sind, das bringe ohnehin nichts.

Und tatsächlich scheinen diese Frauen bei genauer Betrachtung nicht falsch zu liegen. Die Bevölkerung ist verunsichert, kann sie der von ihr gewählten Regierung noch vertrauen? Sie schreit um Hilfe, fleht die Regierung an, diese schlimmen Zustände zu ändern. Doch die Antwort der Regierung verblüfft. Ein Regierungsmitglied wird in der Sunday Times vom 10. Dezember 2006 wie folgt zitiert: „Habt Sex mit unwilligen jungen Frauen, denn sie ziehen sich provokativ an." Kein Wunder also, wenn viele Frauen den Weg über eine Anzeige als sinnlos erachten. Noch unerträglicher ist der Aberglaube, dass Sex mit einer Jungfrau Aids heilen soll bzw. den Peiniger gegen Aids immunisiert. Womit wir an einem sehr bedrohlichen Thema für Südafrika angekommen sind.

4. Massensterben Aids

Die Lebenserwartung lag 1970 in Südafrika bei 54 Jahren. Heute beträgt sie nur noch knapp 46 Jahre. Dafür wird Aids verantwortlich gemacht. Frauen sind ganz besonders von der Epidemie betroffen. Der weit verbreitete Aberglaube, Sex mit einer Jungfrau würde vor Aids heilen, die Machtstellung des Mannes innerhalb der Familie sowie die Sitten Afrikas lassen den Frauen geringe Chancen sich vor der Seuche zu schützen. Die Zahlen variieren von Statistik zu Statistik. Korrekte Zahlen wird es wohl auch kaum geben können, denn in Südafrika stirbt man nicht an Aids, sondern an einer Krankheit. An Aids zu sterben wird als Schande betrachtet. Aber darauf kommen wir später noch zu sprechen.

Es wird angenommen, dass heute etwa 15 % der Bevölkerung in Südafrika mit HIV leben. Der Prozentsatz der Frauen ist wesentlich höher als der der Männer. Aids ist die häufigste Todesursache in Südafrika. Während Statistiken noch von etwa 370 000 Todesfällen im Jahr 2003 ausgingen, werden für die kommenden Jahre verheerende Zahlen erwartet. Es wird davon ausgegangen, dass in den nächsten vier Jahren fünf bis sieben Millionen Bürger an Aids sterben werden. Für das Jahr 2010 prognostizieren die Hochrechnungen alleine 1,5 Millionen Opfer. Alarmierende Zahlen, Tragödien und Schicksale von nie da gewesenem Ausmaß.

Das Budget des Gesundheitsministeriums musste 2001 von 350 Millionen Rand auf eine Milliarde Rand aufgestockt werden und wurde 2004 weiter auf 1.8 Milliarden Rand erhöht. Weitere Prognosen für das Jahr 2010 erwarten, dass das

Bruttoinlandsprodukt um 17 % niedriger sein wird als heute, verursacht durch die vielen Aidsopfer.

Aber noch mal kurz zurück zu den Frauen. Besonders junge Mädchen sind um ein Vielfaches stärker von Aids bedroht als die gleichaltrigen Jungs. Die jungen Mädchen werden häufig missbraucht. Berichten zufolge werden bereits weibliche Babys vergewaltigt. Dies alles geschieht vor dem kulturellen Hintergrund, demgemäß noch nahezu 80 %der einheimischen Bevölkerung dem Medizinmann (Sangoma) vertrauen. Diese Medizinmänner raten ihren Patienten immer wieder Sex mit einer Jungfrau zu haben, um Aids zu heilen. Kaum einer dieser Scharlatane gibt zu, Aids nicht heilen zu können. Diese Medizinmänner bekommen kein Geld für ihre Dienste, sondern werden mit Naturalien von den Patienten und deren Angehörigen versorgt. Da es also auch um das Überleben des Medizinmannes geht, wird dieser sich kaum ehrlich bloßstellen und zugeben nicht helfen zu können. Die Folgen dieses Aberglaubens sind so vernichtend, dass ein ganzes Volk auszusterben droht.

Hinzu kommt, wie auch in Annas Fall, dass der Mann aus Tradition glaubt, die Frau sei nur dazu da, ihm zu gefallen. Viele Männer, wie auch Annas Mann, bestehen auf ungeschützten Sex. Kondome würden die Männlichkeit in den Schatten stellen. Viele der Frauen werden zu Geschlechtsverkehr gezwungen. Für andere ist die einzige Einkunftsquelle die Prostitution. Viele ihrer Kunden bestehen auf das kondomfreie Geschäft. Leider werden schon sehr junge Mädchen mit in diesen Sog der Ausweglosigkeit gerissen. Sie sind zu jung, um die Situation selbst beurteilen zu können, und die Eltern leben in vielen Fällen schon nicht mehr. Der Staat sorgt nicht schnell und intensiv genug für ausreichend Aufklärung. Die Mädchen sind der Situation nicht gewachsen und ihr dadurch ausgeliefert.

Und wieder schauen wir auf Zahlen. Über 80 000 Babys werden jährlich bereits mit dem tödlichen Virus geboren. Ihre Lebenserwartung liegt nicht viel höher als vier bis sechs Jahre. Die zunehmenden Vergewaltigungen an jungen Mädchen und Frauen werden inzwischen auf über eine Million jährlich geschätzt.

Schockierende Berechnungen ergeben, dass die Hälfte aller 14-jährigen an Aids sterben wird. Da es immer weniger gesunde Frauen gibt, wird sich die Zahl der Vergewaltigungen an den Gesunden entsprechend erhöhen. Eine große Gefahr für die ganz jungen Mädchen, denn sie werden vor allem als Aidsimmunstoff von ihren Vergewaltigern missbraucht.

Wenn Tradition Leben auf solch grausame Weise vernichtet und diejenigen, die die Macht hätten, ein dringend neues Bild und Aufklärung zu vermitteln, es nicht tun, stellt sich die Frage, wer die Verantwortung für einen solchen Massenmord übernimmt. Ein vernichtendes Bild.

4.1 Erläuterungen zu Aids

Was eigentlich genau ist Aids? Hier müssen wir in erster Linie zwischen HIV und Aids unterscheiden. HIV ist sozusagen das Vorstadium von Aids. HIV steht für „Human Immundeficiency Virus“. Dieses Virus dringt in den Stoffwechsel des Menschen ein. Dazu bedient sich HIV der weißen Blutkörperchen. Nach der Ansteckung dauert es etwa sechs bis zwölf Wochen, bevor die Blutkörperchen so viele Antikörper gebildet haben, dass HIV im Bluttest nachgewiesen werden kann. Das Virus greift immer mehr Blutkörperchen an und die Abwehrkräfte werden dadurch geschwächt. Je nach Verfassung des Infizierten dauert es zwischen fünf und 15 Jahren, bevor das Immunsystem so schwach ist, dass es mit einfachen Krankheiten wie einer Erkältung nicht mehr fertig werden kann.

Ab hier spricht man von AIDS. Es steht für „Acquired Immune Deficiency Syndrome", also erworbene Immunschwäche. Jetzt ist die Krankheit bereits so weit fortgeschritten, dass der Körper sich nicht mehr selbst helfen kann bzw. das Immunsystem erheblich geschwächt ist.

Wie stecke ich mich an? Das geschieht bei ungeschütztem Geschlechtsverkehr oder durch Blutübertragung. Dies ist besonders gefährlich bei Kontaktsportarten oder verunreinigten Bluttransfusionen. Ebenfalls findet eine Übertragung von der schwangeren Mutter zum Baby statt. Ist das Kind bereits geboren, ist ein weiterer Risikofaktor das Stillen des Säuglings, da das Virus durch die Muttermilch übertragen werden kann. Im Grunde genommen kann sich jeder, der verantwortungsbewusst, aufgeklärt und vernünftig lebt, leicht vor dieser Erkrankung schützen. Respekt im Geschlechtsverkehr und Kondome könnten schon eine Menge bewirken. Ganz bestimmt aber nicht die Jagd auf junge Frauen.

Woran merke ich, dass ich das HIV-Virus trage? In den ersten Wochen wahrscheinlich überhaupt nicht. Es kann wie ein grippaler Infekt wirken, der aber wieder abklingt. Erst wenn nach geraumer Zeit zu viele der Blutkörperchen befallen sind, stellen sich Müdigkeit, Durchfall und Gewichtsverlust ein. Entzündungen klingen nicht ab, die Haut verheilt nicht wie gewohnt und Fieber setzt ein. Die Symptome können sich von Patient zu Patient unterscheiden. Dies ist auch der Grund, weshalb oft unbemerkt nicht an Aids, sondern an einer Erkältung oder Durchfall gestorben wird. Ohne aussagekräftigen Bluttest ist das Krankheitsprofil für den Laien nicht eindeutig zu identifizieren.

Wir haben gelernt, wie sich die Jugendlichen besser vor Aids schützen können. Gibt es denn auch die Möglichkeit, ungeborenes Leben zu behüten? Gibt es Medikamente auf dem Markt, die für werdende Mütter geeignet sind? Die Schwangeren können während der letzten Phase der Schwangerschaft ein gegen HIV wirksames Medikament wie AZT Prophylaxe einnehmen. Oder wenn der Säugling gleich nach der Geburt, das für Kinder entsprechende AZT Prophylaxe erhält. Es ist eine Tatsache, dass sich die Hälfte aller Kinder bei der Geburt mit HIV anstecken. Die rechtzeitige Einnahme der Medikamente kann die Ansteckungsgefahr zwar nicht ausschließen, aber dennoch zu etwa zwei Dritteln reduzieren.

4.2 Politik und Aids

Bereits Nelson Mandela erkannte die große Gefahr und Problematik der sich ausbreitenden Seuche. Er vertrat die Meinung, dass nach der Bildung der Demokratie, Aids der wichtigste im Auge zu behaltende Aspekt für die Regierungsarbeit sein müsse. Er war sich dieser Verantwortung bewusst.

Sein Nachfolger Thabo Mbeki sieht das etwas anders und diskutiert das Thema, wenn überhaupt, auf zwiespältige Weise. Er widerspricht der Meinung, dass Kondome die Männlichkeit entehren, nicht. Und eben dieses Schweigen kann falsch interpretiert werden bzw. das bisherige Verhalten der Männer noch unterstreichen. Wiederholt beteuerte er, dass Aids durch Armut verbreitet wird. Er boykottierte für lange Zeit die Ausgabe eines Medikamentes, welches den Blutkontakt zwischen der werdenden Mutter und dem Kind stoppen kann. Er vertrat sogar in der Öffentlichkeit die Meinung, diese Medikamente seien womöglich gefährlicher als die Krankheit selbst. Auch wurde behauptet, AIDS würde durch Mangelernährung ausgelöst.

Die ehemalige Gesundheitsministerin bekräftigte den Präsidenten auch noch dabei und pries ihre AIDS-Kur mit Knoblauch, Roten Rüben, Zitronen und afrikanischen Kartoffeln an. Solche Meldungen verunsichern die Bevölkerung: Sie geben keine klare, dringend notwendige Richtung vor. Die Bürger brauchen eine klare Aussage und Vorbilder, um die tödliche Tradition ablegen zu können.

Einer Umfrage zufolge herrscht große Unwissenheit über AIDS – nicht nur in der Bevölkerung, sondern auch im südafrikanischen Staatsdienst. Die Tageszeitung „Business Day" berichtete am 12. Juni 2006, dass 40% der Beamten glauben, die Krankheit sei heilbar. Außerdem ergab die Untersuchung, dass 30% aller Behördenabteilungen keine Politik oder Programme im Umgang mit HIV bzw. AIDS haben. Die Behörden sind nicht darauf vorbereitet, bereits erkrankten Menschen den Weg zu Medikamenten zu eröffnen.

Im März 2003 war das Fass am Überlaufen. Das südafrikanische Volk beharrte auf der Verfassung und das darin verankerte Recht auf Leben. Am 20. März 2003 fand in Sharpeville ein Gottesdienst statt. Ein ganz besonderer Gottesdienst, an dem circa 200 Aidskranke teilnahmen. Sie planten einen öffentlichen Protest, der von einer Zivilorganisation namens „Treatment Action Campaign" angeführt wurde. Ziel der Demonstration war, die Regierung dazu zu bewegen über das Gesundheitswesen, Mittel zur Verfügung zu stellen, mit denen das Leben der Aidskranken verlängert werden kann. Der Schweigemarsch ging bis zur örtlichen Polizeistation. Dort erstatteten die Demonstranten mithilfe von Rechtsanwälten Anzeige gegen die Gesundheitsministerin und den Minister für Handel wegen fahrlässiger Tötung. Die Demonstranten wollten klarmachen, dass niemand das Recht haben sollte, bestimmen zu können, wer überleben darf und wer nicht.

Erst durch ein Urteil des Verfassungsgerichtes konnte die Regierung zum Handeln bewegt werden. Im August 2003 verpflichtete sich die Regierung, den Aidskranken in allen öffentlichen Einrichtungen des Gesundheitssystems antiretrovirale Medikamente bereitzustellen. Die Ausgabe der Arzneien verläuft bis zum heutigen Tage nur zögerlich.

Die antiretrovirale Therapie ist eine Medikamentenkombination, die wie eine Chemotherapie gegen HIV wirken soll. Sie hemmt Virusenzyme, die das HIV-Virus zur Vermehrung braucht. Trotz aller Kritik an der Regierung ist der Präsident nicht von den Medikamenten überzeugt, sondern eher skeptisch.

Richter Edwin Cameron, Mitglied des Verfassungsgerichtes und selbst an der Immunschwäche erkrankt, schreibt in seinem Buch „Tod in Afrika“: „[denn] die Debatte über antiretrovirale Medikamente und die Ursachen von Aids war kein bedeutungsloses politisches Geplänkel über Nuancen einer politischen Gewichtung. Hier ging es um Leben und Tod. Um den Umgang unserer neuen Demokratie mit der Wahrheit. Und um das grundsätzliche und beunruhigende Problem des Verschweigens von Wahrheit in unserer neuen Gesellschaft. Wie wir mit Wahrheit bezüglich Aids umgingen, war entscheidend dafür, wie wir als Nation mit der Wahrheit in anderen, gleichermaßen wichtigen Fragen umgingen.“[1]

Thabo Mbeki wurde zunehmend kritisiert, die Bürger warfen ihm Massenmord vor. Dennoch arbeitete der Präsident immer wieder mit Wissenschaftlern zusammen, die

1 Edwin Cameron. Tod in Afrika, mein Leben gegen Aids. C.H. Beck. München 2007. Seite 159

einen Zusammenhang zwischen HIV und AIDS leugnen. Diese kleine Gruppe von Aidsdissidenten vertritt die Meinung, die Aidsmedikamente seien allzu oft die Ursache für den häufigen Tod. Sie leugnen vehement einen Zusammenhang zwischen HIV und Aids. Der Präsident, der an der renommierten Sussex Universität in England studierte, sollte doch durchaus in der Lage sein, die Situation korrekt zu beurteilen und seinem Volk eine Stütze zu sein.

Sein Vorgänger Nelson Mandela hingegen nutzte jede Chance, Südafrika über Aids aufzuklären. Er trug das berühmte T-Shirt mit dem Aufdruck „HIV POSITIV“, um den Menschen zu zeigen, wir müssen Aids begegnen, darüber sprechen, das Thema anpacken. Wir können es nicht verleugnen. Mandela flehte sogar den an Aids erkrankten Vorsitzenden der Treatment Action Campaign, Zackie Achmat, an, die Medikamente zu nehmen. Zackie Achmat aber nahm die Medizin aus Protest nicht, denn er wollte, dass sie allen Menschen in Südafrika zur Verfügung stünde, nicht nur einigen Privilegierten, die sich die Heilmittel, Ärzte, Bluttests und Behandlungen leisten konnten. Er begann erst mit der Behandlung, nachdem sich die Regierung 2003 verpflichtete, die antiretroviralen Medikamente den öffentlichen Einrichtungen zur Verfügung zu stellen.

Trotz allem Druck aus der Öffentlichkeit wird bis heute gemunkelt, dass die Verteilung wohl nicht schnell genug vorangetrieben wird. Während andere Staaten wie Uganda dank ihrer Regierungsprogramme bereits rückläufige Infektionszahlen vorweisen können, wird dem Thema in Südafrika noch immer mit vorgehaltener Hand begegnet. Die südafrikanische Regierung, die gerne mit dem Finger auf die westlichen Pharmakonzerne zeigte und meinte, diese seien zu teuer und würden die Menschen sterben lassen, hatte nach einem Erfolg im Prozess um den Patentschutz 2001 die Möglichkeit, nun auch die Medikamente zu erschwinglichen Preisen im eigenen Land herstellen zu lassen bzw. billigere Medikamente zu importieren: Denn eine Ausnahmeregelung der WTO trat in Kraft, in der der Notstand in Südafrika anerkannt wurde. Damit war die südafrikanische Regierung bereits vor Jahren handlungsfähig.

Dennoch handelte die Regierung nicht umgehend. Es scheint, als sei es nach wie vor eine große Schande Aids zu haben. Darüber zu sprechen ist vielerorts ein Tabu. Liegt die Verantwortung für ein so großes Problem nicht bei der Regierung? Warum werden laut Schätzungen des nationalen Krisenzentrums noch immer eine Million Mädchen und Frauen jährlich in Südafrika vergewaltigt?

Während sich die Regierung in Sachen Aids nicht sicher ist, arbeiten bereits seit 2001 internationale Organisationen wie „Ärzte ohne Grenzen“ in Südafrika. Im Township Khayelitsha, in der Nähe von Kapstadt, behandeln sie immer mehr Patienten und scheinen durch ihre Hilfe das Vertrauen der Bevölkerung zu gewinnen. Auch „Ärzte ohne Grenzen“ nutzte den Vorteil der Ausnahmeregelung der WTO, die im Falle eines nationalen medizinischen Notstandes angewandt werden kann, nämlich der freie Weg zum Import oder zur Eigenproduktion günstigerer Medikamente, und behandelte dementsprechend die Patienten mit Kosten sparenden Medikamenten aus Brasilien.

Nicht nur Uganda, sondern auch Brasilien hatte die Initiative ergriffen, um der Bevölkerung kostenlose HIV- bzw. Aidsmedikamente zur Verfügung zu stellen. Vor allem aber ist Aids in diesen ebenso von Armut geplagten Ländern kein Tabuthema. Aids wird beim Namen genannt und die Menschen setzten sich intensiv damit auseinander. Uganda möchte nicht die Geschichten der sterbenden Mütter an ihre Kinder verlieren. Es werden sogenannte Geschichtshefte verteilt, in denen die Kranken ihr Leben in Bildern, Worten und Zeichnungen für ihren Nachwuchs festhalten können. Ein vorbildliches Land, das sich seinem Feind Aids stellt und ihn zu bezwingen vermag. Warum also hat Südafrika bis heute eine immer noch steigende Infektionsrate und lässt die Lawine ins Bodenlose rollen?

Aufklärungsprogramme und das Verteilen von kostenlosen Kondomen laufen vielerorts ins Leere und wirken wie ein Tropfen auf dem heißen Stein. Obwohl sogenannte Aidsberater ausgebildet wurden, ist die Aufklärungsarbeit noch lange nicht flächendeckend genug. Der Flächenbrand breitet sich so lange aus, bis die Verantwortlichen vorbildlich zu handeln beginnen.

4.3 Aids-Waisenkinder

Während die Regierung zögert, klettert die Zahl der Aidswaisenkinder täglich weiter nach oben. Sie wird bereits auf über eine Millionen Kinder geschätzt: Unmündige, die ohne Eltern, entsprechendes soziales Umfeld oder Aufsicht aufwachsen; Kinder, die vielleicht schon selbst das HIV-Virus tragen. Diesen Minderjährigen zeigt niemand den Weg zu den so dringend benötigten Hilfsmitteln. Sollen sie den gleichen erbärmlichen Weg wie ihre Eltern gehen? Diese Kinder sind die Zukunftsgeneration Südafrikas. Wer breitet seine schützenden Hände über diese junge Generation aus?

Einen bemerkenswerten Beitrag leistet ein junger Deutscher im Armenviertel Nyanga in Kapstadt. Florian, der nach seinem Abitur durch viele asiatische und afrikanische Länder reiste, lernte in dieser Zeit die Welt mit anderen Augen zu sehen. Noch nie zuvor hatte er so viel Armut und Hilfsbedürftigkeit erlebt. In dieser Zeit bekam er eine Vision, die Vision, den Menschen Afrikas zu helfen. Er studierte Sozialwissenschaften in Kapstadt und wollte das Gelernte anwenden. Er absolvierte seine Praktikumszeiten in einem Altenwohnheim für schwarze und farbige Obdachlose und widmete sich einem Wohnheim für Straßenkinder.

Er hatte erkannt, wie wichtig besonders die Hilfe für die vielen Aids-Waisenkinder ist. 2004 war es endlich so weit und er hatte alle behördlichen Hürden überwunden, um seine Vision, den Kindern Afrikas zu helfen, zu verwirklichen. Die Regierung hatte es ihm nicht leicht gemacht und als Einzelgänger schien es schier unmöglich eine Genehmigung für ein so dringend benötigtes Waisenhaus-Projekt zu bekommen. Er suchte nach Alternativen und lernte eine ältere schwarze Dame namens Muriel kennen, die bereits seit einigen Jahren auf die Straßenkinder in ihrer Umgebung aufpasste. Sie hatte kein Kapital und es fehlte an organisatorischem Talent. Die Kinder aber liebte sie und betreute sie rührend.

Florian machte ihr den Vorschlag, doch gemeinsam das Projekt anzupacken und fortzusetzen. Und in der Tat konnte das Entwicklungsprojekt „INDAWO YENTSIKELELO – A Place of Blessing –“ (ein Ort des Segens) gegründet werden. Um Kapital für das Projekt einzutreiben, gründete Florian den Verein POSITIV LEBEN e.V. und hielt viele Vorträge. Ich lernte ihn 2007 kennen, als er mit einigen seiner Waisenkinder an Schulen in Deutschland tanzte und sang, um Geld für den Bau des Waisenhauses zu sammeln. Er erzählte auf der Veranstaltung seine bemerkenswerte Geschichte. Seine Haltung, sein Mut und seine Aufopferung sind vorbildlich und verdienen großen Respekt. Angefangen hatte das Projekt in einem Schiffscontainer. Inzwischen gibt es weitere Gebäude und das Projekt findet große Anerkennung. Die größte Anerkennung aber verdienen Florian und Muriel, die ihr Leben dafür aufopfern, um den verwaisten Kindern in Südafrika zu helfen.

Sie wissen, dass Südafrika ohne seine Kinder keine Zukunft hat. Eine Zukunft, die in Regenbogenfarben nach den ersten demokratischen Wahlen 1994 angepriesen wurde. Die Menschen sind enttäuscht und verbittert, sie fühlen sich alleine gelassen. Dabei ist Südafrika ein reiches Land, reich an Bodenschätzen, reich an seiner Vielfalt der Kulturen, reich an Naturwundern und vor allem ist genug Geld für die Rüstungsindustrie da. Hier steigt der Etat ständig an, obwohl Südafrika sich durch keinen Nachbarn oder sonstige Gefahren bedroht fühlt. U-Boot-Käufe scheinen in diesen Tagen ganz vorne auf der Liste zu stehen. Der ganze Wahn wird zusätzlich durch die explosionsartig steigenden Milliarden- Aufwendungen für die Vorbereitungen der Fußball-Weltmeisterschaft auf die Spitze getrieben.

5. Die Wirtschaftsentwicklung

Die über Jahre hinweg florierende Wirtschaft Südafrikas wurde durch Sanktionen, bis hin zu den demokratischen Wahlen 1994, in die Knie gezwungen. Der angesammelte Wohlstand der Apartheidregierung ausgelöscht. Nach den Wahlen übernahm die neue Regierung Südafrikas also einen Haushalt, der angekratzt war. Kein ermutigender Rückhalt für eine so junge neue Demokratie, die dringend ihre Wurzeln ausbreiten wollte. Dennoch nicht zu vergessen, im Gegensatz zu anderen afrikanischen Staaten konnte die neue Demokratie in Südafrika eine gesunde Infrastruktur übernehmen, deren Grundzüge gefestigt waren.

Anstelle vorsichtiger Zurückhaltung wurden der Bevölkerung immense Versprechungen gemacht. Die Regierung steckte sich hohe Ziele in Bezug auf Wirtschaftswachstum, Beschäftigung und der Umverteilung. Bezüglich der Umverteilung haben wir schon einiges in den vorangegangenen Kapiteln gelernt. Schauen wir heute, 14 Jahre nach den Wahlen, auf die anderen Zielsetzungen zurück.

Das Wirtschaftswachstum konnte erreicht werden. Das Bruttoinlandsprodukt stieg jährlich um etwa 3,1% zwischen 1994 und 2004. 2005 und 2006 wurde ein Rekordwachstum von jeweils rund 5% erwirtschaftet und die Prognosen für 2007/08 sind ebenfalls sehr positiv. Ganz besonders die Branche der Bestattungsunternehmen boomt wie nie zuvor. Jedes Wochenende finden alleine im Einzugsgebiet Johannesburg über tausend Begräbnisse statt; ob hingerafft von Aids oder getroffen in einer Schießerei, die Gründe für das Sterben sind offensichtlich und bleiben doch verborgen. Das Wachstum für

2008 musste bereits zu Jahresbeginn korrigiert werden. Ständige Stromausfälle fügen der Industrie schweren Schaden zu. Die täglichen Einbußen werden auf über 100 Millionen Euro geschätzt, berichtet die Financial Times Deutschland am 28. Januar 2008. Die vorhandene Infrastruktur wurde nur ungenügend gewartet und seit der neuen Demokratie kaum ausgebaut. Das Erbe der Apartheid, die vorhandene Infrastruktur, dient aus. Pläne der Regierung für Neubauten von Kraftwerken gibt es zu diesem Zeitpunkt wohl nicht.

Südafrika ist ein sehr rohstoffreiches Land und die Nummer eins auf dem Weltmarkt der Goldvorräte. Neben Gold zählen zu den wichtigsten mineralischen Rohstoffen die Diamanten, Platin, Chrom, Vanadium, Mangan, Uran, Eisenerz und Kohle.

Südafrika hat sich zu einer Industrienation entwickelt und ist nicht mehr ausschließlich abhängig von der Goldförderung. Es liegt enormes Kapital in den Platinvorräten. Südafrika verfügt über nahezu 90% der weltweiten Platinvorräte. Die Nachfrage der Weltmärkte ist groß und Südafrika konnte bisher die satten Gewinne jährlich steigern.

Wäre da nicht plötzlich das Problem mit der Energieversorgung. Trotz Warnung der Elektrizitätsgesellschaft Escom baute die Regierung unbeirrt weiter. Schon vor Jahren wurde ein Engpass ab dem Jahr 2007 prognostiziert. Aber ähnlich wie mit anderen Themen verhielt sich auch hier die Regierung einfach taub. Das Ergebnis: Am 25. Januar 2008 mussten die drei größten Goldförderer des Landes ihre Minen bis auf Weiteres stilllegen.

Das sind keine guten Indikatoren für ein weiteres Wirtschaftswachstum, das so dringend benötigt wird. Seit die ANC-Regierung ihr Erbe 1994 angetreten hat, machte sie sich keine Gedanken über die zukünftige Versorgung. Es bleibt abzuwarten, wie mit dieser Krise umgegangen wird. Neue Werke müssten erst mal geplant und gebaut werden, diese Projekte umzusetzen kostet also nicht nur sehr viel Geld, sondern auch einige Jahre an Zeit. Zeit, die Südafrika mit seiner hohen Arbeitslosigkeit, den vielen Aidskranken, Waisenkindern und einer verarmenden Gesellschaft nicht hat.

Südafrika ist sehr bedeutend für den gesamten afrikanischen Kontinent. Nicht nur der Rohstoffbereich, sondern eine breite Auswahl von Konsum- und Investitionsgütern ermöglichen Südafrika, ein Fünftel des Bruttoinlandsproduktes des gesamten Kontinents zu erwirtschaften. Eine besonders starke Inlandsnachfrage kurbelt ebenfalls die Märkte an. Besonders gut lief das Geschäft für die Automobilhersteller. Alleine 2006 konnten über eine halbe Million Fahrzeuge in Südafrika produziert werden. Ein Großteil davon ging in den Export.

Auf der anderen Seite schrumpft der Agrarsektor unübersehbar. Aber trotz der rückläufigen Zahlen im Obst-, Zitrusfrüchte- und Gemüseanbau herrscht großer Jubel unter den Winzern. Der Weinanbau, der 750 Millionen Liter Wein im Jahr erzeugt, erfuhr seit 1992 eine gigantische Steigerung von 1000%. Südafrikas Landwirtschaft kann sich auch bezüglich der Rinder-, Ziegen- und Schafzucht sowie der Milchwirtschaft auf dem Weltmarkt behaupten.

Im Immobilienbereich können abhängig vom Standort hohe Gewinne erzielt werden. Besonders beliebt als Investition scheinen hier Kapstadt und seine Umgebung mit den Weinfarmen zu sein. Bevorzugt ziehen die Menschen in Wohnsiedlungen, die von einer Art Stadtmauer umgeben sind. Hier fühlen sie sich sicher. Einige Objekte im Stadtzentrum werden inzwischen nur noch in US-Dollar gehandelt. Andere Objekte im ländlichen Bereich sind dagegen sehr erschwinglich.

Dennoch sollte sich jeder, der in Südafrika investiert, darüber im Klaren sein, dass hohe Renditen auch mit einem entsprechend hohen Risiko verbunden sind. Gleiches gilt auch für Anlagen an der Börse. Wer vor zehn Jahren noch mit einer Gewinnerwartung von 18% per annum eingestiegen ist, wurde aufgrund des Kursverlustes eines Besseren belehrt. Alleine 2006 sackte der Rand gegenüber dem Euro um fast 40% ab. Spekulanten gehen davon aus, dass der Rand mit 15 bis 20% unterbewertet sei, dennoch ist es sehr schwierig, einen Trend vorauszusagen. Aktuell liegt der Wechselkurs bei etwa 12 Rand zum Euro.

Die Energiekrise, über die sich ausländische Investoren bestimmt nicht freuen, kann zu einer weiteren Abwertung beitragen. Um die Vorstellung der Währung langfristig darzustellen, kann nur in die Vergangenheit geblickt werden. Und hier hat der Rand trotz aller Schwankungen die Hälfte seines Wertes in den letzten zehn Jahren verloren.

Dies wiederum kurbelt den Export an und Südafrika konnte bis 2005 eine positive Handelsbilanz nachweisen. Es wurden mehr Güter ausgeführt als eingeführt. 2006 aber kippte zum ersten Mal in der Legislaturperiode die Handelsbilanz ins Negative. Die Lebensmittelpreise stiegen im Jahresvergleich August 2005 bis August 2006 um 8%. Importiert werden hauptsächlich Bauteile für den Fahrzeugbereich, Maschinen, elektrotechnische Erzeugnisse, Spezialfahrzeuge, chemische Produkte und Investitionsgüter.

Die wichtigsten Handelsbeziehungen pflegt Südafrika mit Deutschland, welches alleine 17% des gesamten Importvolumens Südafrikas deckt. Weitere wichtige Handelspartner sind die USA, Großbritannien, Japan und Italien.

Warum aber wird die Währung immer schwächer? Dies ist zum einen mit einem hohen Kapitalabfluss zu begründen. In der Vergangenheit war es durch die strengen Regeln der „Foreign Exchange Controlls“ der Reservebank nicht möglich, viel Kapital aus Südafrika herauszunehmen. Nur wer verreiste, konnte einen geringen Tagessatz in Fremdwährung tauschen, aber auch nur für eine bestimmte Anzahl von Tagen im Jahr. Dies wurde alles genau in den Reisepass eingetragen und bei der Ein- und Ausreise gründlich überprüft. Ein Tagessatz, für den kein Hotelzimmer mit Frühstück in einer Großstadt in Europa oder Amerika zu bekommen gewesen wäre.

Der Besitz von Fremdwährung ist verboten. Nach und nach wurden die strengen Kontrollen gelockert und es ist heute immerhin möglich, für eine Person bis zu zwei Millionen Rand aus dem Land zu transferieren. So begann schließlich das Kapital abzufließen und der Vorsitzende der Reservebank meldete bereits seine Bedenken bezüglich der Liquidität der Banken.

Ebenfalls belastet die politische Haltung des Präsidenten in der Zimbabwefrage stark die südafrikanische Währung. Südafrika will sich in die Landenteignungspolitik des Nachbarn nicht einmischen. Dies verbreitet Misstrauen unter den Farmern und im Ausland gegenüber der Regierung.

Zum anderen kann der totale Wirtschaftskollaps Zimbabwes große Folgen für Südafrika haben, denn Zimbabwe ist der größte Exportpartner Südafrikas auf dem afrikanischen Kontinent. Die Inflation in Zimbabwe lässt sich kaum noch messen, sie liegt um die 2000 Prozent. Die einzige Reaktion des simbabwischen Präsidenten Mugabes liegt darin, dass er Ende 2007 Preiserhöhungen im Land von staatlicher Seite aus verboten hat.

5.1 Massenarbeitslosigkeit

Wir haben gelernt, dass sich die Wirtschaft prächtig entwickelt und dennoch stehen diesem Erfolg sehr kontrovers die Arbeitslosenzahlen gegenüber. Neben den einheimischen Arbeitssuchenden strömen Menschen aus ganz Afrika Richtung Johannesburg, in der Hoffnung dort einen Neuanfang zu finden. Allen voran die vielen Flüchtlinge des Nachbarn Zimbabwe.

Südafrika hat eine der höchsten Arbeitslosenquoten der Welt. Zwischen 30 und 40% der Bevölkerung sind ohne Arbeit. Dies betrifft ganz besonders die Ungelernten und Aushilfskräfte. Trotz der hohen Arbeitslosenzahlen fehlt es in allen Bereichen an Fachkräften. Ein Fakt, der viel zu lange ignoriert wurde.

Weder Kraftwerke noch Stadien noch Staudämme wurden im letzten Jahrzehnt ausreichend gewartet oder weiterentwickelt. Die Stromausfälle häufen sich und so mancher Rentner wird aus dem Ruhestand zurück zu den Turbinen geholt. So auch Bert, ein deutscher Ingenieur, der Ende der Neunziger Südafrika den Rücken kehrte, um seinen Ruhestand in Europa zu verbringen. Bert berichtet: „Ich habe mein Leben mit dem Bau und der Wartung von Staudämmen verbracht. Eine technische Herausforderung und der Antrieb für mich alles zu geben. Ich lebte über dreißig Jahre in Südafrika, doch seit den Wahlen hat sich viel verändert. Ich wollte nicht warten, bis auch meine Stelle durch einen ‚BEE-Vertreter' besetzt wird, ich zog den frühen Ruhestand vor. In meinem Alter möchte ich nicht über Politik nachdenken müssen. Oder mich nachts vor Einbrechern fürchten müssen. Ich zog mit meiner Frau nach Ungarn. Dort konnten wir uns mit der kleinen südafrikanischen Rente und etwas Gespartem ein Häuschen leisten. Umso mehr war ich überrascht, als ich einen Anruf aus Südafrika bekam. Dort kannte sich niemand mit der Technik des Dammes aus. Die baten mich um Hilfe. Das konnte ich natürlich nicht abschlagen, ja und jetzt warte ich die Turbinen schon seit über einem Jahr. Ich helfe gerne, denn wer Südafrika kennt, den lässt es auf magische Weise nicht leicht wieder los."

Der großen Zahl an gesuchten Fachkräften steht eine immense Arbeitslosenquote gegenüber. Unterschiedliche Sektoren sind davon betroffen, die wir uns etwas gründlicher anschauen sollten.

5.1.1 Goldförderung

Der ehemalige stärkste Wirtschaftszweig, die Goldminen, gerieten wiederholt in schwere Krisen. Alleine 1995 mussten mehr als 100 000 Minenarbeiter entlassen werden. Grund dafür waren die stark gestiegenen Löhne und das leichter zu fördernde Gold der Konkurrenz aus Australien und Russland.

Vier Jahre später, 1999, geriet die Industrie erneut durch beträchtliche Goldverkäufe der britischen Notenbank unter starken Druck. Generell entwickelt sich der Trend dahin gehend, dass Währungen weniger durch Goldreserven abgesichert werden. Die südafrikanische Wirtschaft rückt von der alten Tradition des Goldhandels nach und nach ab und versucht vermehrt Halbfertig- und Fertigprodukte in den Export zu schicken.

Trotz allem spielt der Goldabbau eine starke Rolle, denn es ist nicht zu vergessen, dass in der Gegend von Egoli, so wird Johannesburg genannt, die Stadt des Goldes, rund 40 % der gesamten Goldreserven weltweit liegen.

Die Förderung von Gold wurde aber in den letzten Jahren sehr kostenintensiv, bedingt durch tiefe Stollen, die bis zu vier Kilometern in die Tiefe reichen. Um etwa eine Feinunze Gold zu produzieren, müssen demgegenüber rund drei Tonnen Erz abgebaut werden. Hinzu kommen die Kosten für 5000 Liter Wasser und 600 Kilowattstunden Strom sowie der Druck der Gewerkschaften auf Lohnerhöhungen und bessere Arbeitsbedingungen. 2002 lag der Anteil Südafrikas an der Goldproduktion auf dem Weltmarkt bei 15 %.

5.1.2 Landwirtschaft

Aber nicht nur die Minenarbeiter fürchten um ihre Arbeitsplätze. Die Landwirtschaft ist besonders schlimm betroffen. Sie verkörpert nur noch 3 % des Bruttoinlandsproduktes, obwohl etwa 10% der Bevölkerung Arbeit in der Landwirtschaft haben. 1985 lag der Anteil der Landwirtschaft am Bruttoinlandsprodukt mit 6% noch doppelt so hoch. Eine bestürzende Entwicklung.

Gründe für die steigende Zahl der arbeitslosen Landarbeiter sind divers. Zum einen führte die südafrikanische Regierung Mindestlöhne ein, die für die Farmer an ihre Landarbeiter in vielen Fällen unbezahlbar sind. Zum anderen verkauften viele Bauern ihr Land aus Angst vor Landenteignung und nahmen lieber günstige Angebote des Nachbarn Mosambik an. Ebenfalls werden nirgendwo auf Erden so viele Bauern durch Kriminelle bedroht oder ermordet wie in Südafrika. Und nicht zuletzt der Preiskrieg gegen Europa und Amerika.

1999 hat die EU mit Südafrika ein Freihandelsabkommen geschlossen. Jetzt kann die EU zwar nach Belieben südafrikanische Produkte einführen, aber gleichzeitig öffnen sich auch die Märkte in Südafrika für die Produkte aus der EU. Das Ergebnis ist gerade im Agrarbereich für Südafrika bedrohlich. Denn die Bauern der EU erhalten hohe Agrarsubventionen, die so den globalen Wettbewerb verschieben. Ein interessantes Ergebnis daraus ist beispielsweise, dass Konservenfrüchte aus der EU jetzt in Südafrikas Regalen stehen, da sie billiger sind als der Eigenanbau in Südafrika. Mehr als die Hälfte des EU-Haushaltes fließt in solche Subventionen, da haben Länder wie Südafrika nicht viel entgegenzusetzen. Südafrika muss eben vermehrt auf die exotischen Früchte wie Mangos und Papayas setzen, die klimatisch bedingt in Europa nicht so gut gedeihen. Die Arbeitslosenquoten auf dem Lande betragen teils um die 70%. Kein Wunder also, dass eine große Landflucht eingesetzt hat. Die Zahl der Arbeitsplätze in der Landwirtschaft ist zwischen den Neuwahlen 1994 und 2001 um ca. 600 000 zurückgegangen und dieser Trend hält bis heute an.

5.1.3 Textilindustrie

Ebenfalls geht es der Textilindustrie an den Kragen. Der Markt wird mit Billigprodukten aus China überschwemmt. Seit 2003 sind alleine in dieser Branche rund 60 000 Stellen vernichtet worden.

Die Regierung reagierte auf Bitten aus der Branche, eine Einfuhrregelung mit China zu finden. Während des Staatsbesuches des chinesischen Premiers 2006 nutzte Südafrika die Chance des Dialogs und bat um Verständnis. Die Regierung konnte ein gegenseitiges Memorandum erzielen, in dem festgelegt wurde, dass 31 Produkte aus China bis Ende 2008 Handelsbeschränkungen unterliegen.

Südafrika versucht Zeit zu gewinnen. Die Regierung bemüht sich zu retten, was zu retten ist. Es wurde eine zusätzliche Finanzspritze für die Industrie in der Höhe von sieben Milliarden Rand beschlossen, um weiteren Stellenabbau zu verhindern.

Das Geld soll für Fortbildung, Modernisierung der Fabriken und Produktinnovation gebraucht werden. Doch werden diese Mittel reichen, um der Globalisierung die Stirn zu bieten?

5.1.4 Tourismusbranche

Gegensätzlich zu den vorgenannten Industriezweigen verhält es sich in der Tourismusbranche. Sie steigt stetig und macht inzwischen schon 7% des Bruttosozialproduktes aus.

Sie ist ganz besonders für abgelegene Gebiete wichtig. Die Safarifarmen sind in diesen Gegenden angesiedelt, Gebiete, in denen die Arbeitslosigkeit auf 80% geschätzt wird und Farmen die einzige Einkommensquelle sind.

Diese Wildfarmen wurden in der Vergangenheit hauptsächlich von weißen, erfahrenen Farmern geführt. Die Politik möchte aber die schwarzen Gemeinden vor Ort unterstützen und macht sie über spezifische Quoten-Regelungen zu Besitzern oder Teilhabern.

Südafrika erwartet bei weiter steigenden Besucherzahlen bis 2010 eine Rekordzahl von zehn Millionen Touristen. Voraussetzung ist natürlich, dass die im Moment wieder sehr stark steigende Kriminalität mit immer größerer Gewaltbereitschaft unter Kontrolle gebracht wird.

Ein weiterer Faktor ist das Stattfinden und ein Erfolg der Fußball-Weltmeisterschaft 2010. Diese Veranstaltung ist für Südafrikas Image von großer Bedeutung. Es wurde bisher viel investiert, zu viel, um den Spielen eine Absage zu erteilen.

6. Noch nie war die Armut so gross

Das größte zu überwindende Problem in Bezug auf die extrem hohe Arbeitslosigkeit ist die Bildung und Ausbildung. Südafrika sucht händeringend nach Ingenieuren, Ärzten und Wissenschaftlern. Bis heute hat noch weit über die Hälfte der Menschen in Südafrika keinerlei Ausbildung. 14% der Männer und 16% der Frauen sind Analphabeten. So wächst zwar die Wirtschaft, aber mit ihr auch die Arbeitslosenquote und der Missmut, die Gewalt und die Armut. Bis heute muss noch über ein Drittel der Bevölkerung mit weniger als zwei Rand pro Tag auskommen und 50% der Menschen leben unter der Armutsgrenze von 350,00 Rand (etwa 35 Euro) Einkommen pro Monat.

Die Politik setzte sich einst große Ziele. Vorgaben, die die Armut beseitigen sollten. Einige der wichtigsten vom Staatspräsidenten angestrebten Ziele sind:

- Abbau von Handelsschranken
- Modernisierung der Wirtschaft durch technische Innovation, Ausbau der Infrastruktur und Ausbildung von Fachkräften
- Bemühungen um ausländische Investitionen
- Zusammenarbeit mit anderen afrikanischen Staaten mit dem Ziel, die politische Stabilität zu stärken, Effizienz der Verwaltung zu steigern, Konkurrenzfähigkeit zu erhöhen
- Stärkung des Selbstbewusstseins afrikanischer Völker im Zusammenhang mitmenschlicher Beziehungen

Die Regierung hat sich also viel vorgenommen, doch wie sieht es mit der Umsetzung aus?

Wie vorsichtig mit Handelsschranken umgegangen werden muss, haben wir am vorangegangenen Beispiel der EU gelernt. Die Modernisierung der Wirtschaft wird einen erheblichen finanziellen Aufwand fordern, der andererseits in die Sozialprogramme einschneidet.

Ausländische Investitionen werden schon alleine durch die Haltung gegenüber der Zimbabwe-Politik abgeschreckt. Hinzu kommen ein enormes Aidsproblem sowie eine schreiend hohe Kriminalität. Korruption ist nicht nur in der Wirtschaft, sondern auch in allen Behörden tief verwuchert. Konkurrenzfähigkeit kann nur mit effizientem Personal und soliden Personalkosten erreicht werden, dem stehen aber immer höhere Forderungen der Gewerkschaften und die eingeführten Mindestlöhne entgegen.

Durch die Umverteilungspolitik (BEE) der Regierung werden Staatsaufträge nicht unbedingt an den günstigsten Bieter vergeben. Die zu viel bezahlten Auftragskosten sind also enorm. Hinzu kommen der gigantisch große Anteil an ungelerntem Personal und die immer noch große Zahl der Analphabeten. So sind beispielsweise heute noch immer sieben von acht gelernten Buchhaltern weiße Menschen.

1996 lebten in Südafrika noch 18 Millionen Menschen unter der Armutsgrenze. Leider ist die Tendenz ansteigend und das Einkommen derer, die bereits unter 350 Rand zur Verfügung hatten, ist weiter gesunken. Verändert hat sich aber offensichtlich das Interesse der Regierung an den Ärmsten des Landes. Denn diese spüren kaum etwas vom Wirtschaftswachstum. Schätzungen zufolge leben heute bereits mehr als 22 Millionen Bürger unter der Armutsgrenze. Die Regierung hat zwar Sozialprogramme aus der Apartheidzeit übernommen, nach denen wenigstens jeder Sozialbedürftige 100 Rand im Monat bekommen sollte, doch die Umsetzung ist bis heute nicht annähernd ausreichend vollzogen.

Die Ärmsten der Armen haben resigniert, sie leben meistens auf dem Lande und haben nicht die Möglichkeit, Sozialanträge in der Stadt zu stellen oder genauer gesagt, sie wissen von solchen Möglichkeiten überhaupt nicht. Diejenigen, die es erfahren haben, können dies nicht umsetzen, da sie die Anträge nicht ausfüllen können.

Noch schwieriger wird es, da das Verwaltungssystem organisatorisch nicht entsprechend ausgebaut ist. Die von der Regierung beschlossenen Hilfen erreichen also nicht die wirklich Hilfsbedürftigen. Die Regierung versteckt sich allzu leicht hinter der Geschichte Südafrikas und zeigt gerne, als Entschuldigung für unerreichte Ziele, mit dem Finger auf das Apartheid-Erbe.

Auch Sam aus Soweto ist sehr betrübt über diese Entwicklung: „Was mich so traurig stimmt, ist der Wandel unserer Ziele. Früher haben wir für unsere Freiheit gekämpft, das hat uns zusammengeschweißt. Hatte ein Nachbar ein Problem, haben alle geholfen. Es war nicht wichtig, ob man ein Auto besessen hat, viel wichtiger war unser soziales Gefüge. Wir waren alle füreinander da. Heute spalten wir uns auf. Da sind die einen, die es geschafft haben, in der Stadt tolle Jobs zu bekommen, und da sind wir, die im Township zurückgeblieben sind ohne Arbeit. Die, die jetzt eine Arbeit haben, scheinen sich aber nicht an die alten Werte und Traditionen zu erinnern. Die Automarke und der Designanzug stehen an erster Stelle, darüber hinaus vergessen sie ihre Wurzeln und uns.“

Arbeitsloser sucht Nahrung in Mülltonnen der reichen Schwarzen
© J. Ellmer

6.1 Schwarze Diamanten, die reiche Elite

Die Bevölkerung fühlt sich vernachlässigt und die Kluft zwischen Arm und Reich wird immer größer. Damit ist nicht die Kluft zwischen Schwarz und Weiß gemeint. Denn es hat sich eine neue schwarze Elite der Reichen und Superreichen etabliert. Südafrika konnte sich auch in dieser Kategorie an die Weltspitze setzen. Kein anderes Land hat eine so große Kluft zwischen Wohlstand und Armut.

Ehemalige ANC-Mitglieder profitieren von den Wirtschaftsprogrammen wie „BEE – Black Economic Empowerment“ und haben für die größten Konzerne des Landes gerne Firmenanteile gegen ihre Hautfarbe und ihren Einfluss auf die Politik getauscht. Neben vielen erfolgreichen Geschäftsleuten gehört auch Cyril Ramaphosa, der in der Vergangenheit sogar als Nachfolger Mandelas gehandelt wurde, zu den Gewinnern. Er zählt heute zu den reichsten und einflussreichsten Persönlichkeiten in Südafrika.

Tokyo Sexwale gehört auch zu der Gruppe der Politiker, die sich die Neuregelungen der Regierung zum Vorteil machen. Zwei weitere erfolgreiche schwarze Geschäftsleute sind Patrice Motsepe und Saki Macozoma. Zeitungsberichten zufolge, beläuft sich das Vermögen der vier auf über eine Milliarde Dollar.

Sie halten Anteile an den größten südafrikanischen Firmen wie Gold Fields, der Versicherungsgesellschaft Sanlam sowie der Standard Bank und der ABSA-Bank, um nur einige zu nennen. Diese vier sind aber nur stellvertretend für die Gruppe der sogenannten „Schwarzen Diamanten“, die Ende 2007 bereits über zwei Millionen schwarze Südafrikaner zählt.

Zu den ebenfalls reichen Schwarzen zählen inzwischen weitere sechs Millionen Staatsbürger.

6.1.1 BEE – Black Economic Empowerment

Die Guthaben auf den Konten der superreichen Schwarzen in Südafrika wachsen also genauso stetig wie die Zahl der Armen. Dabei sollte BEE doch dazu beitragen, das Ungleichgewicht südafrikanischen Vermögens zu steuern. Die Menschen auf den Straßen Johannesburgs sehen das folgendermaßen: „In der Apartheid-Ära wurde nach Rassen unterschieden, jetzt wird die Klasse nach dem Geldbeutel unterschieden."

Die Zahl der Erwerbslosen, die bereits kapituliert haben, um überhaupt noch nach Arbeit zu suchen, wird auf etwa vier Millionen Menschen geschätzt. Die Programme wie BEE werden von vielen Arbeitslosen wie Peter, einem schwarzen Bürger aus Soweto, stark kritisiert: „BEE verhilft den Intellektuellen der Politik zu Ruhm und Geld. Das eigentliche Ziel wird dabei aus den Augen verloren, nämlich mehr Arbeitsplätze für uns zu arrangieren. Auch bin ich der Meinung, dass es wirtschaftlich keinen Sinn ergibt, Staatsaufträge an Firmen mit einer hohen Punktzahl auf der ‚Score Card' zu vergeben. Firmen, die aber nicht das günstigste Angebot eingereicht haben. Hier wird viel zu viel für diese Aufträge ausgegeben. Der Wettbewerb ist verzerrt, nicht der Günstigste erhält den Zuschlag, sondern die Firma mit den meisten Punkten nach dem BEE-System. Geld, das besser direkt in die Ausbildung meiner Mitmenschen in Soweto fließen sollte. Keine andere Regierung auf Erden kann es sich leisten, seine Aufträge, und damit 20% des gesamten Staatshaushaltes, an überteuerte Firmen auszugeben. Das verschiebt den Wettbewerb und ist nicht bezahlbar. Ich suche schon seit zwei Jahren nach einer festen Arbeit. Außer Gelegenheitsjobs wie den Verkauf von Obst und Gemüse an den Kreuzungen von Johannesburg konnte ich nichts finden, dabei hatte ich ursprünglich große Hoffnung in die Versprechungen der Regierung."

Obstverkäufer am Straßenrand
© J. Ellmer

Aber nicht nur Peter ist enttäuscht. Auch viele Weiße, die minder qualifiziert sind, haben ihre Arbeitsplätze verloren und durch das neue System kaum eine Chance je wieder eine Anstellung zu finden. Paul, der ehemalige weiße Wachmann eines großen Konzerns in Pretoria, sieht das ernüchtert: „Um es im neuen Südafrika zu etwas zu bringen, braucht man drei Voraussetzungen: Du musst schwarz sein, du brauchst Verbindungen in die Politik und du musst bestechlich sein. Hier gibt es keine neuen Jobs, sondern nur gesteuertes Verteilen. Ich verlor meinen Job, da mein ehemaliger Arbeitgeber einer mit schwarzem Management geführten Firma die Bewachung der Konzerngebäude in Auftrag gab. Das wird auch mit ‚Outsourcing' beschrieben und gleichzeitig kann die Geschäftsleitung so auf der BEE-Skalakarte punkten."

Die Umverteilung in Südafrika findet wider Erwarten nicht von Reich auf Arm statt, sondern von Weiß auf Schwarz. Während noch 1995 nur etwa ein Prozent des Börsenkapitals in schwarzen Händen als Folge der Apartheidzeiten war, waren es 1999 bereits über 16 Prozent und der Prozentsatz klettert täglich unaufhaltsam wie ein Schönwetterfrosch die Börsenleiter hoch. Vorwürfe werden laut, die Regierung konzentriere sich zu sehr auf diese Umverteilung anstatt auf ein schnelleres Wachstum. Wachstum, das dringend nötig wird, um auch die Ärmsten mit Wohnungen, Wasser, Strom, Ausbildung, Medikamenten und ganz besonders Arbeitsplätzen zu versorgen.

Das Schlimmste, was aber durch die rasche Umverteilung geschieht, ist der Abbau von Ressourcen und der damit verbundene Wissensverlust in den Unternehmen. Viele Stellen werden an Hautfarbe vergeben, nicht an Qualifikation. Große Verantwortungsbereiche werden auf diese Art übertragen, aber damit geht auch langjährige Erfahrung verloren. Erfahrungen, die nötig sind, um die Wirtschaft langfristig und stabil voranzubringen.

John, ein farbiger Bankangestellter, bemerkt dazu Folgendes: „Die Einflussnahme der Regierung auf die Wirtschaft wird in Südafrika mit BEE bezeichnet, anderswo würde es wohl Korruption oder Diebstahl heißen. Durch diese Gebilde werden ausländische Investoren abgeschreckt. Investoren, die aber neue Arbeitsplätze nach Südafrika bringen können. Und noch schlimmer, die Außenwelt beobachtet Südafrika und die Bereitschaft, ein solches System zu unterstützen, schwindet allmählich wie die Bankkonten aus Übersee."

Ebenfalls sind viele Bauern von der Umverteilungspolitik betroffen. Das Land, das über Generationen von Bauern fruchtbar gemacht wurde und gewinnbringend bewirtschaftet wurde, ist ebenso von der Umverteilung betroffen wie die Jobs im Management. Viele Farmen, deren Verwaltung gewechselt hat, sind lange nicht mehr so ertragreich wie in der Vergangenheit. Während früher viele Menschen in der Landwirtschaft Arbeit und damit auch Unterkunft und Nahrung hatten, haben sie heute Mindestlöhne, die nicht bezahlbar sind. Viele der Bauern geben aus Gründen der Unrentabilität auf bzw. akzeptieren lieber rechtzeitig die Geldangebote der Regierung, um ihr Land der schwarzen Mehrheit zu überlassen.

Hier hat sich die Regierung enorme Ziele gesetzt und möchte in den nächsten Jahren mindestens ein Drittel des Landes in den Besitz der schwarzen Bevölkerung zurückgeben. Das mag auch seine Berechtigung haben und dem Ungleichgewicht der Landverteilung aus Apartheidzeiten gerecht werden, dennoch geht auch hier ein enormes Potenzial bezüglich der erntereichen Jahre in der Landwirtschaft verloren. Erfahrene Bauern bringen ihr Wissen lieber in benachbarten Staaten mit günstigeren Landangeboten ein. Staaten wie Mosambik, die das Wissen der Bauern noch schätzen und unterstützen.

6.2 Frauen, Kinder und Rentner

Am härtesten sind Frauen und Kinder von der Armut betroffen. Unter den Arbeitslosen nehmen die Frauen den größten Anteil ein. Die Tradition bedingt ihre Benachteiligung und Betrauung mit unbezahlten Aufgaben wie der Kindererziehung und der Alten- und Krankenpflege. Für diese Aufgaben braucht sich niemand zu schämen, sie gehören zu den grundlegendsten und wichtigsten in unseren Sozialgefügen.

Doch Anerkennung, geschweige denn Bezahlung ist für diese Dienste am Mitmenschen nicht zu erwarten.

Wenn es aber kein anderes Familienmitglied mit einem Einkommen gibt, ist es schwer, diese Aufgaben richtig wahrzunehmen. Die Mindestrente, die 2003 auf 700 Rand für Frauen ab dem Alter von 60 Jahren und Männer ab dem Alter von 65 Jahren festgesetzt wurde, ist meistens die einzige Einkunftsquelle der ganzen Familie und die Familien sind groß. Sie ernährt nicht nur die zahlreichen Kinder, sondern die noch zahlreicheren Enkelkinder.

Es wurden Fälle bekannt, in denen die Alten wie in Gefängnissen gehalten wurden und nur einmal im Monat Sonnenlicht zu Gesicht bekamen. Sonnenlicht also nur am Zahltag der Rente, denn Rentner müssen ihr Geld selbst auf der Bank in Empfang nehmen. Bei dieser Gelegenheit sei an die Verfassung und die Menschenrechte erinnert.

Etwa eine Million Kinder haben nicht die Möglichkeit auf die Rente der Oma zurückzugreifen. Sie haben keine Eltern und Verwandten. Sie wachsen am Rande der Gesellschaft auf, ihre Liebsten sind längst an Aids gestorben. Für sie scheint auch die neue superreiche Elite in Südafrika nicht viel übrig zu haben. Noch nie zuvor war Südafrika so gespalten wie heute. Epidemien, Frustration und Gewalt keimen unaufhaltsam in einem solchen Klima, in dem die Hoffnung für viele langsam aber unaufhaltsam schwindet.

7. Gewalt und Kriminalität

Südafrika hat sich zum gefährlichsten Land auf Erden, welches sich nicht im Kriegszustand befindet, entwickelt. In der Nachapartheidzeit nahm die Zahl der Gewaltverbrechen schlagartig zu. Obwohl in der neuen Demokratie jeder die gleichen Rechte hat, auch das Recht auf Leben, Würde und Sicherheit, sind die Unterschiede zwischen Arm und Reich so unüberwindbar wie nie zuvor. An dieser Stelle ist wiederholt anzumerken, der Unterschied zwischen Arm und Reich ist nicht gleich der Unterschied zwischen Schwarz und Weiß, wie oft fälschlicherweise angenommen wird. Die nicht mehr zutreffende Denkweise stammt noch aus den alten Apartheidzeiten, doch dem neuen Südafrika entspricht ein ganz anderes Bild.

Inzwischen haben sich viele schwarze Familien etabliert und viele weiße Familien suchen Unterschlupf in den ehemaligen schwarzen Armenvierteln. Es ist wichtig zu verstehen, dass die ausufernde Gewalt kein Intermezzo zwischen Schwarz und Weiß ist, wie in der Apartheidzeit und gerne durch die Politik nach außen unberichtigt dargestellt, sondern eher eine Frustration und Ausweglosigkeit der jungen Generation auf der einen Seite und der organisierten Kriminalität auf der anderen Seite.

Es sollen einige aktuelle Beispiele genant werden: Ein vierjähriges schwarzes Waisenkind wird von anderen schwarzen Townshipmitbewohnern zu Tode gesteinigt. Das Kind wird mit einem Schädelbruch aufgefunden.

Ein acht Monate altes weibliches Baby wird in Kapstadt von fünf Männern vergewaltigt, bis es stirbt. Die Peiniger hofften auf Aidsheilung.

Eine Neunjährige aus Soweto wurde bereits mehrfach vergewaltigt und leidet jetzt an Aids.

Eine 24-jährige schwangere Frau wurde mehrfach in ihrer Wohnung in Kempton Park vergewaltigt.

Das Auto eines schwarzen Kameramannes aus Johannesburg wurde gehijackt (bewaffneter Autoraub), das Opfer blieb mit fünf Schusswunden am Tatort zurück.

Ein mit schwarzem Sicherheitspersonal besetzter Geldtransporter wurde überfallen. Im Transporter wurden über 100 Einschüsse gezählt. Die Autobahn, auf der der Überfall stattfand und sich Menschen, auch Touristen, aller Altersgruppen und Religionen und Hautfarben befanden, glich einem Schlachtfeld.

Ein Überfall in einem großen Einkaufszentrum im Norden Johannesburgs sorgte zur Weihnachtszeit für Aufsehen. Dem Kundenstamm aller Hautfarben und aller Altersgruppen flogen die Kugeln um die Ohren. Es gab fünf Verletzte.

Zu keinem Zeitpunkt während der Apartheidzeit gab es vergleichbar viele und abscheuliche Verbrechen. Der Horror wächst jährlich in der neuen Demokratie.

An diesen wenigen Beispielen soll gezeigt werden, dass sich die Gewaltbereitschaft und Kriminalität nicht gegen eine bestimmte Personen-, Altersgruppe oder Hautfarbe richtet. Die Brutalität mit der vorgegangen wird, scheint nicht von dieser Welt und ist erschütternd.

Bereits während der Präsidentschaft von Nelson Mandela uferte die Kriminalität aus. Den Bürgern Südafrikas wurde es unheimlich und sie flehten den Präsidenten um Hilfe an. Ich erinnere mich an eine Postkarte, die mit dem Zweck gedruckt wurde, den Präsidenten über die bedrohlichen Umstände zu unterrichten. Die Postkarte hatte das Motiv der neuen südafrikanischen Nationalflagge. Die Flagge auf der Postkarte aber zeigte einige Einschüsse. Die Menschen schickten zu Tausenden diese Karten an Mandela. Der Text lautete wie folgt:

„Sehr geehrter Präsident Mandela,

es ist nicht alles in Ordnung in Südafrika. Die Kriminalität hat epidemische Proportionen erreicht. Sie vergewaltigt unseren Optimismus. Sie mordet unsere Hoffnung. Sie weint auf das Geflecht unserer Gesellschaft. Du hast alles geopfert um eine Nation, eine Seele zu erreichen, und jetzt wird sie kaltblütig erschossen. Aus Verzweiflung, Furcht und Angst schreibe ich dir im Auftrag meiner Familie, meiner Freunde und all der unschuldigen Menschen Südafrikas, bitte mache die Kriminalität heute zu deiner Priorität."[2]

Die Regierung wollte künftig der Kriminalität vorbeugen und verkündete die sogenannte „National Crime Prevention Strategy (nationale Kriminalität-Vorbeugestrategie)". Ebenfalls sollten bisher widerrechtlich im Besitz befindliche Waffen auf der Grundlage einer Waffenamnestie straffrei abgeben werden können. So sollte sich die Anzahl der im Umlauf befindlichen Waffen verringern. Doch trotz aller Bemühungen wurde Südafrika zunehmend brutaler.

Auch die Bevölkerung reagierte und wurde aktiv. In dieser Zeit entstanden kleine Kommunen, die ihre Gebiete mit hohen Mauern und Zäunen abriegelten. Zutritt zum jeweiligen Gebiet konnte und kann bis heute nur durch eine bewachte, beschrankte Zufahrt erfolgen. Nur die Bewohner selber, angemeldete Gäste bzw. Befugte dürfen

2 Grapevine Postcards – Übersetzung J. Ellmer

die Einfahrt passieren. In dieser Zeit entstand auch die sogenannte „Neighbourhood Watch“ – Nachbarschaftswache. Die Einwohner selbst erstellten Patrouillepläne für ihre Gegend und teilten die Bewachung ihrer Straßenzüge privat untereinander auf. Kein ungefährliches Vorgehen für einen nicht im Sicherheitsdienst geschulten Bürger.

Auch das Straßenbild veränderte sich. Es wurden Schilder aufgestellt, die auf besonders gefährliche Zonen hinwiesen, wie z. B. „High Crime Area“ – Gebiet mit hoher Kriminalität – oder „Beware of your safety“ – seien Sie vorsichtig.“

Straßenschild im neuen Südafrika
© J. Ellmer

Straßenschild im neuen Südafrika
© J. Ellmer

Die Industrie- und Handelskammern veröffentlichten Hinweise, wie sich jeder vor der Kriminalität schützen könne: z. B.: „Gehen Sie nicht nach Sonnenuntergang aus, stoppen Sie nicht an roten Ampeln, nähern Sie sich Kreuzungen sehr aufmerksam und vorsichtig." Dies wurde auch in die Tat umgesetzt. Nachts in die Innenstadt Johannesburgs zu fahren ist glatter Selbstmord und besonders in einem auffälligen Fahrzeug. Ich erinnere mich an eine solche Fahrt, die Stadt war wie ausgestorben nach Sonnenuntergang. All die vielen Straßenhändler hatten eingepackt und sich für die Nacht in den alten verlassenen Gebäuden eingeschanzt.

Ich fuhr ohne meine Pistole im Anschlag nie alleine in diese Gegenden. An jenem Abend aber war es nötig, denn Thabo Mbeki gab eine Pressekonferenz. Da es ohnehin schwierig war, einen Interview-Termin bei ihm zu bekommen, musste diese Gelegenheit genutzt werden. Das Gebäude war hermetisch von Sicherheitsbeamten abgeriegelt. Um Zutritt zu erlangen, wurde jeder wie am Flughafen durchleuchtet. Und schon hatte ich ein großes Problem, denn zwei Bodyguards schnappten mich und entrissen mir die Handtasche. Ich hatte vergessen, meine Pistole herauszunehmen. So konnte ich natürlich nicht zu dem Vortrag. Dennoch gab es auch hierüber kein größeres Aufsehen. Sie begleiteten mich zu einem Tresor und ich musste die Waffe dort bis nach dem Vortrag deponieren. Ein kurzer Blick in den Stahlschrank ließ mich begreifen, dass viele der anderen Gäste wohl auch mit ihren Waffen angereist waren. Nach der Veranstaltung erhielt ich auch anstandslos die Pistole zurück. Stellen Sie sich mal eine ähnliche Situation in anderen Ländern vor. Da wären Sie von der gesamten Staatssicherheit umzingelt und hätten dem Vortrag bestimmt nicht mehr beiwohnen können. Für die südafrikanischen Beamten aber war das Tragen von Waffen keine große Sache.

Die Provinz Gauteng hat bis heute die höchste Kriminalitätsrate im Land und wird wohl zu Recht Gangster Paradies genannt. Der Begriff Gangster Paradies hat seinen Ursprung in den Autokennzeichen der Gauteng Provinz, die nämlich die Buchstaben GP tragen.

Im Kap hingegen wehrten sich die Menschen auf andere Weise. Sie hatten das Vertrauen in die Polizei verloren und gründeten eine Bürgerinitiative mit dem Namen „PAGAD – People Against Gangsters and Drugs“ – Menschen gegen Gangster und Drogen. Es war nicht verwunderlich, dass die Menschen das Vertrauen in die Polizei verloren hatten.

Es wurden 140 000 neue Polizisten angestellt, um dem Verbrechen der Nachapartheidzeit ein Ende zu setzen. Davon hatte etwa ein Drittel der Polizisten keinen Führerschein, gefahren sind sie dennoch. Ungefähr 30 000 von ihnen hatten die Schule noch nicht beendet oder keinen Abschluss. Schlimmer noch – viele von ihnen konnten weder lesen noch schreiben. Ich machte meine Erfahrung mit solchen Beamten. Es wurde in unser Haus eingebrochen und ich wollte dies zur Anzeige bringen. Der Diensthabende aber wusste nicht, welchen Vordruck er ausfüllen sollte. Nachdem ich mir das richtige Blatt auf unserer lokalen Polizeistation gegriffen hatte, erzählte ich ihm den Tathergang. Der Beamte starrte mich an und bat mich dann schließlich, das doch selbst in den Vordruck zu schreiben. Hier hatte ich also bestimmt meine Zeit verschwendet. Ob das Protokoll jemals den Weg in die Statistik geschafft hat, ist fragwürdig.

Bereits über 8000 Polizisten hatten selbst eine Klage anhaften, da sie häufig mit den Kriminellen zusammenarbeiteten. Im Dezember 2006 machte die Schlagzeile die Runde, dass ein Vorbestrafter Syndikat Gang Boss, ein persönlicher Freund des Polizeichefs sei. Die Südafrikaner reagierten empört.

Eine weitere Zahl, die für sich spricht, ist die doch hoch liegende Verhaftungsquote. Also nehmen doch viele der Polizisten ihre Arbeit ernst. 1996 wurden in Johannesburg über 93 000 Kriminelle gefasst, davon konnten aber nur knapp über 3000 verurteilt werden und nur ein verschwindender Prozentsatz (420 Kriminelle) landete tatsächlich länger als zwei Jahre im Gefängnis. Schlampereien bei Gegenüberstellungen und Korruption sowie Bestechlichkeit sorgen bis heute für eine sehr niedrige Verurteilungsrate. Dies ist auch für die Polizisten sehr frustrierend. Denn täglich sind sie ihrem gefährlichen Job ausgesetzt und dennoch bekommen sie so keine Ordnung in das Land. Leider sind auch die Ordnungshüter selbst von der immer aggressiver werdenden Kriminalität betroffen und die Zahl der Polizisten, die bei der Ausübung ihrer Pflichten ermordet werden, steigt jährlich.

Nach Angaben des United National Office on Drugs and Crime führte Südafrika bereits im Zeitraum 1998 bis 2000 die Statistik der durch Waffengewalt ermordeten Menschen weltweit an. In diesem Zeitraum wurden 31 918 Morde dieser Art registriert. In Deutschland waren es im Vergleich 384 Fälle. Deutschlands Bevölkerung ist aber doppelt so groß wie die Südafrikas. Auch führt Südafrika die Statistik der Vergewaltigungen an. Im vorgenannten Zeitraum wurden über 53 000 Vergewaltigungen registriert, in Deutschland rund 7500.[3] Andere Gewaltverbrechen wie Raubüberfälle, Autohijackings und Attacken auf Farmer sind ebenfalls nicht zu unterschätzen. Zu den Statistiken ist zu bemerken, dass die anzunehmende Dunkelziffer wohl um ein Vielfaches höher liegt.

Wie eine aktuelle Statistik der südafrikanischen Polizei zeigt, ließen sich die Quoten bis 2006 statistisch etwas verbessern. Aber auch hier ist zu bemerken, dass viele der Verbrechen erst gar nicht zur Anzeige gebracht werden. Ebenfalls hatte die Regierung für geraume Zeit die Veröffentlichung von Kriminalitätsstatistiken ausgesetzt. In den Medien wurde und wird nur noch von spektakulären Fällen berichtet. Auch hier versteckt sich die Regierung hinter billigen Warnungen wie „Parken Sie Ihre Autos nicht auf der Straße und seien Sie in Ihren Gärten aufmerksam“. Schauen wir uns mal aufmerksam die Kriminalitätsstatistik des SAPS South African Police Service an.

---

3 http://www.nationmaster.com/red/graph/cri_rap-crime- rapes&int=1&b_pritable = 1, 6. Jan. 2007

Ergebnisse der Republik Südafrika für den Zeitraum April bis März 2001/2002 bis 2005/2006.[4]

Zur Anzeige gebrachte Kriminalfälle pro Jahr						Veränderung in %
	2001/2	2002/3	2003/4	2004/5	2005/6	2001/6
Morde	21405	21553	19824	18793	18 528	−13,4 %
Vergewaltigung	54293	52425	52733	55114	54 926	+1,2 %
Raubüberfall	116736	126905	133658	126789	119 726	+2,6 %
Autohijacking	15846	14691	13793	12434	12 835	−19,1 %

Auf den ersten Blick verbirgt sich Hoffnung in dieser Statistik. Legt man jedoch die Zahlen für den Zeitraum März 2005 bis April 2006 zugrunde, ergibt sich ein erschreckendes Bild. Das organisierte Verbrechen durch Banden stieg in diesem Zeitraum sehr stark an. In den Sparten Überfälle auf Geldtransporte, Banküberfälle, Autohijackings und Autodiebstahl wurden 2006 Zuwachsgrößen von bis zu 70 % verzeichnet. Die Polizei ist gegenüber der Syndikatbildung machtlos. Kaum ist ein Fall geklärt, gibt es im Verbrechen neue Konstellationen und es ist schwierig, die großen, sehr gut bewaffneten und ausgebildeten Bandenmitglieder zu erwischen. Es hat den Anschein, als hätte sich die Kriminalität zu einem der stärksten Wirtschaftszweige Südafrikas entwickelt. Ebenfalls stiegen Einbrüche in Geschäfte um 32 % an. Weniger interessant für die Banden scheinen die privaten Haushalte geworden zu sein. Da ist eben nicht genug zu holen. Diese Zahlen berücksichtigen noch nicht den von Experten geschätzten rasanten Anstieg seit der zweiten Jahreshälfte 2006. Die hinzugekom-

4 http://www.saps.gov.za/crimestats/. Dezember 30, 2006

menen Stromausfälle in den Jahren 2007 und 2008 sorgen für einen weiteren Anstieg der Einbruchsrate. Viele Alarmanlagen funktionieren nicht, während die Stromversorgung unterbrochen ist, und die Diebe fühlen sich in der Dunkelheit sicher. Ein Kreislauf wurde damit in Bewegung gesetzt.

Der Präsident, der sich bisher zu diesem Thema in Schweigen hüllt, wurde erwartungsvoll von seinen Bürgern während der Parlamentseröffnung Anfang 2007 beobachtet. Die Medien berichteten bereits Minuten nach seiner Ansprache, dass der Präsident das Wort „Crime" – Kriminalität – 16-mal in den Mund genommen hätte. Das war ein absoluter Rekord, denn in der Vorjahresrede konnte es nur zwei Mal gezählt werden. Die Ironie der Presse war groß. Denn ähnlich wie mit der Aidsproblematik scheint der Präsident mit dem Gespenst der Kriminalität umzugehen. Es ist am bequemsten, es zu verleugnen.

Während verschiedener Interviews hatte sich der Präsident mit Entschuldigungen, Kriminalität etwa sei eine Wahrnehmungssache, aus der Affäre gezogen. Fakt ist aber, dass 2006 über 18 000 Menschen ermordet und über 150 Frauen täglich vergewaltigt wurden und werden.

Thabo Mbeki gerät mehr und mehr durch die Aktionen der Bevölkerung unter Druck. Besonders nach Aussagen seines „National Police Commissioners" Jackie Selebie, der sich öffentlich äußerte: „Was soll die ganze Aufregung über die Kriminalität?" Ebenfalls wurde bekannt, dass ein angeblicher Boss eines kriminellen Syndikates ein guter, persönlicher Freund des Polizei-Kommissars ist. Die Südafrikaner sind sehr verärgert. Im Februar 2007 schickten sie innerhalb von 48 Stunden dem Präsidenten über 400 000 Unterschriften via SMS und Tausende von Briefen wurden direkt an den Präsidenten gesandt. Das Maß war voll und der Präsident sollte endlich handeln.

Auch die Tourismusindustrie meldete sich zu Wort und machte die hohe Kriminalität für die schlechten Buchungsraten und Besucherzahlen verantwortlich. Die Tourismusindustrie arbeitet nur mit 50% ihrer Kapazität. Eine Industrie, die so viele Arbeitsplätze schaffen könnte.

Anfang 2007 wurden unzählige Initiativen ergriffen, um die Regierung zum Handeln zu bewegen. Selbst eine der größten südafrikanischen Banken hatte ein Budget von über einer Million Euro für eine Werbekampagne zur Seite gelegt, in der sie die Regierung bitten wollten, die Kriminalität doch endlich ernst zu nehmen. Die Bevölkerung war und ist in Hysterie und die Unterschriftensammlungen an den Präsidenten boomen.

Endlich im Februar 2007 bekannte sich der Präsident zu den Problemen. Er kündigte einen weiteren Stellenaufbau der Polizei für die nächsten drei Jahre an. Ebenfalls möchte er die Arbeitsbedingungen und die Qualifikation der Polizisten verbessern. Verstärkte Grenzkontrollen sowie die Effizienz der Gerichte sollen ebenfalls verbessert werden. Neue Gefängnisse sollen entstehen und die Zusammenarbeit zwischen der Polizei und privaten Wachdiensten soll gefördert werden. Liegt der Gesinnungswandel am Druck der Bevölkerung oder eher im Hinblick auf die Fußball-Weltmeisterschaft 2010, während der sich die Regierung keine Blöße geben will?

7.1 Gründe, die zu hoher Kriminalität führen

All die Vorgaben und Ziele werden nicht leicht umzusetzen sein in einem Umfeld, in dem schätzungsweise 40% der Bevölkerung arbeitslos sind und mehr als ein Drittel der Menschen von weniger als zwei Euro am Tag leben muss. Aber auch zu diesem Thema gilt es, etwas detaillierter hinzusehen. Andere Staaten Afrikas sind auch sehr arm und dennoch bringen sich die Menschen nicht in südafrikanischen Maßen kaltblütig um. Wir haben jetzt einiges an Zahlenmaterial gesehen, was aber können die Hintergründe für eine so extrem hohe Gesetzlosigkeit sein? Einige der wichtigsten Merkmale sind:

• *Das niedrige Lohnniveau der SAP (South African Police).* Ein uniformierter Polizist verdient nicht mehr als umgerechnet zwischen 300 und 500 Euro im Monat. Verbilligte Wohnmöglichkeiten für die Beamten sind stark begrenzt. Es liegt also auf der Hand, dass die Ordnungshüter einen Nebenverdienst brauchen können. Hinzu kommt die Frustration über die Gerichte und noch mehr die Gefängnisse. Selbst wenn ein Polizist seine Arbeit sehr ernst nimmt und die Diebe unter Einsatz seines Lebens verhaftet, sind sie in vielen Fällen am nächsten Tag wieder auf freiem Fuß. Bob, ein Polizist aus Bryanston, einem nördlichen Vorort von Johannesburg, erklärte: „Wenn ich einen Dieb erwische, dann schlage ich ihn lieber windelweich, als ihn mit zur Station zu nehmen. Dort werden eh nur seine Fingerabdrücke genommen und am nächsten Tag ist er wieder auf freiem Fuß."

Die Frustration ist also groß und das Gehalt klein. Nicht verwunderlich, dass so viele Beamte korrupt und bestechlich sind.

• *Die Gerichte* scheinen auch ihre Probleme mit der Verurteilung zu haben. Mary, eine Mutter von zwei Töchtern, erzählte diese Geschichte: „Mein Mann, ich und die Kinder waren aus, um zu essen. Auf der Rückfahrt an unserem Hoftor angekommen, bemerkten wir, dass eine dunkle Gestalt mit durch die Einfahrt schlüpfte. Mein Mann wollte nach dem Rechten sehen und da hörte ich auch schon Schüsse. Ich legte mich quer über meine Töchter, um sie schützen. Nachbarn, die die Schüsse hörten, riefen die Polizei und den Notarzt. Es war schrecklich, denn ich wusste nicht, was mit meinem Mann geschehen war. Ich wusste auch nicht, ob die nächsten Kugeln auf mich gerichtet würden. Ich wusste nur, ich musste meine Töchter beschützen. Ich blickte kurz auf und sah den Eindringling flüchten. Für einen Moment hatten wir Augenkontakt, dann verschwand er in der Dunkelheit. Die Polizei war eingetroffen. Mein Mann war schwer von einem Geschoss verletzt und ein Helikopter wurde gerufen. Mein Mann kämpfte um sein Leben. Er hat es geschafft, nur seinen Beruf als Ingenieur kann er nicht länger ausüben. Er leidet seit dem Zwischenfall an Angstattacken und Depressionen. Er kann sich nicht auf seine Arbeit konzentrieren. Er hat kaum die Kraft zu leben. Durch die Kosten für den fliegenden Notarzt sind all unsere Ersparnisse aufgebraucht. Ich habe mir eine Arbeit gesucht, leider verdiene ich als Sekretärin nicht genug, um unseren Lebensstandard aufrechtzuerhalten. Die Schulgebühren für unsere beiden Töchter sind nicht billig und ich weiß nicht, ob wir das durchhalten können. Schrecklich aber ist für mich, dass der Täter gefasst wurde, ich ihn in einer Gegenüberstellung identifizierte und dennoch das Beweismaterial angeblich nicht für eine Verurteilung ausreicht. Mein Glaube an Gerechtigkeit, Menschlichkeit und meine Hoffnung ist erschüttert."

Warum es in so vielen Fällen nicht zur Verurteilung kommt, ist unergründlich. Teils wurden die Fälle durch die Beamten nicht korrekt bearbeitet, teils sind es die tiefen Verwurzelungen der Korruption. Bei geplanten Morden steht oftmals vorher schon fest, welcher Kommissar den Fall bearbeiten wird. Und zwar so, dass einem Freispruch nichts im Wege steht.

Diese Geschichte ist stellvertretend für Tausende von ähnlichen Fällen. Ich habe jeweils nur ein Beispiel herausgegriffen, da es ein gesondertes Buch erfordern würde, über all die tragischen Schicksale zu berichten.

• *Mord ist billig.* Es ist einfach, Menschen zu finden, die bereit sind zu morden. Ein Beamter der Mordkommission nannte einen Betrag von rund 10 000 Rand für einen Auftragsmord, das entspricht etwa 1000 Euro. Da es für viele die einzige Einkunftsquelle ist, hat sich ein Markt entwickelt.

• *Gewehre können in Afrika günstig gekauft werden.* Ein Kommissar schätzt den heutigen Schwarzmarktwert einer AK 47 (Maschinengewehr) auf etwa 30 Rand, also umgerechnet ca. drei Euro. Die Polizei deckt immer wieder Waffenfunde mit gigantischem Potenzial auf. Dennoch scheint dies nur ein Tropfen auf den heißen Stein zu sein. Die illegalen Waffen finden ihren Weg über den ganzen Kontinent.

• *Jugendliche ohne Perspektive sind leicht zu überzeugen.* Das Motiv für einen Mord besteht leider oft aus sehr niedrigen Beweggründen. Viele Morde geschehen einfach deshalb, weil ein Jugendlicher gerne Mitglied in einer Bande werden möchte. Nur durch einen Mord kann dieser Jugendliche unter Beweis stellen, dass er kein Polizeispitzel ist. War er erfolgreich, ist er in die Bande aufgenommen. Ein Wahnsinn, wofür unschuldige Menschen ihr Leben lassen müssen, aber leider trauriger Alltag in Südafrika, vor allem in Johannesburg.

Die Jugendlichen wählen wie in einem Spiel ihre Opfer aus. Vergisst ein Autofahrer sein Licht rechtzeitig mit Sonnenuntergang einzuschalten, könnten die Verfolger so auf ihn aufmerksam werden und ihn als Opfer auswählen. Kleinigkeiten, die über Leben und Tod entscheiden.

• *Hohe Arbeitslosigkeit lässt keinen anderen Ausweg.* Sie haben vorab schon gelesen, dass die statistische Arbeitslosigkeit in Südafrika um 26% beträgt. Inoffiziell wird sie um ein Vielfaches höher geschätzt und ist wohl eher um die 40% anzusiedeln. In einigen Armenvierteln und abgelegenen Regionen erreicht sie bis zu 80%. In Soweto, vor dem Stadtrand Johannesburgs, liegt sie bei etwa 60%.

• *Illegale Zuwanderung.* Wohl kaum ein anderes Land wird in Afrika derart von illegalen Zuwanderern heimgesucht wie Südafrika. Viele versprechen sich dort Arbeit oder Unterkunft. Sie kommen aus ganz Afrika, aber hauptsächlich aus den benachbarten Ländern, die in der Vergangenheit durch Bürgerkriege zerstört wurden, wie Angola und Mosambik. Von Zimbabwe ganz zu schweigen, ein Land mit einer der höchsten Inflationsraten. Ein Grenzbeamter beschreibt das Szenario so: „Wir schicken zwei Leute in ihre Heimat zurück und vier kommen wieder, wir fassen vier und transportieren sie in ihre Länder und acht kommen wieder. Wir können den Wettlauf nicht gewinnen. Viele von ihnen nehmen sogar das Risiko auf sich, durch den Krüger Park zu marschieren. Sie sind tagelang barfuß und ohne Nahrung unterwegs. Ständig dem Risiko ausgesetzt von wilden Tieren angegriffen zu werden. Aber diese Menschen haben nichts, absolut nichts zu verlieren." Hier ist zu beachten, dass diese Menschen sehr arm sind, was aber nicht gleich bedeutet, dass sie kriminell sind. Dies ist als Gesamtfaktor zu betrachten, der die Arbeitslosigkeit und damit die Verarmung weiter in die Höhe treibt.

• *Taxi-Krieg.* Ein hart umkämpftes Geschäft. Zehntausende von Taxifahrern arbeiten angeblich ohne Lizenz. Das Gebiet, in dem ein Taxi Gäste befördern darf, ist meistens nicht auf dem Papier oder durch die zuständige Behörde, sondern mit der Pistole geregelt.

Fährt ein Taxifahrer in eine von anderen Fahrern besetzte Zone, kann es ihn sein Leben und das Leben seiner Gäste kosten. Die Taxis selbst stellen schon häufig eine Gefahr dar. Ein Taxifahrer wurde beobachtet, als er das Lenkrad abmontierte und es mit einer kleinen Eisenstange ersetzte. Auf diese Weise hatte er Extraplatz für einen weiteren Fahrgast gewonnen und konnte so seine Erträge steigern. Einige Minibusse, die für sechs bis acht Personen zugelassen sind, befördern häufig bis zu 25 Gäste. Aber es geht noch enger, zwei Ziegendiebe schafften es, 23 gestohlene Ziegen in einem Pkw unterzubringen.

• *Die Politik.* Nicht nur der amtierende Staatspräsident hat zu lange die Extremlage einfach ignoriert, auch sein Vorgänger Nelson Mandela setzte bereits interessante Signale. So wünschte sich Mandela zu seinem 80sten Geburtstag die Amnestierung von 9000 Gefangenen. Darunter nicht nur minder Straffällige, sondern auch Mörder, und so geschah es, dass bereits 24 Stunden nach seiner Freilassung ein amnestierter Häftling ein weiteres Opfer ermordete. Trotz aller Solidarität hätte jeder Einzelfall gründlich unter die Lupe genommen werden müssen.

Im Dezember 2007 wechselte der Vorsitz des ANC. Zuma hält das neue Amt inne. Ihm haften unterschiedliche Klagen u. a. auch Korruptionsvorwürfe an. Nur eine Verurteilung könnte seine Präsidentschaft 2009 noch aufhalten. Doch wie in den meisten südafrikanischen Gerichtsprozessen kommt es zu keiner Verurteilung wegen angeblicher Verfahrensfehler. So rettet auch Zuma im September 2008 seinen Kopf aus der Schlinge. Er schafft es sogar den politischen Spieß so zu drehen und Thabo Mbeki zu belasten. Dieser sieht keinen anderen Ausweg, als am 21. September 2008 in einer öffentlichen Ansprache an alle Südafrikaner seinen Rücktritt zu verkünden.

• *Die Integration der Untergrundkämpfer.* Während der Apartheidzeiten hatten sich Untergrundorganisationen gebildet und sich sehr gründlich auf einen Bürgerkrieg vorbereitet. Diese Ausbildungscamps lagen oft außerhalb Südafrikas, z. B. in Angola. Auch der ANC verfügte über solche Einsatztruppen bzw. war selbst eine Widerstandsbewegung bis zu den Wahlen 1994. Nach den demokratischen Wahlen und der Regierungsübernahme durch den ANC wurden diese schlagkräftigen Truppen überflüssig. Die neue Regierung versuchte diese Krieger in die Armee bzw. den Polizeidienst zu integrieren, was aber nur begrenzt möglich war. Einige konnten Arbeit in privaten Wachdiensten finden, andere schlossen Verträge ab, um beispielsweise im Irak an der Seite der Amerikaner zu kämpfen. Tausende von ihnen blieben aber arbeitslos zurück. Vielleicht könnte dies die hohe Zahl der taktisch, nach Plan professionell geführten Raubüberfälle erklären.

• *Die Industrie.* Dieses Kapitel zieht sich wie ein roter Faden durch die globale Geschichte. Das Zusammenwirken der einzelnen Interessenlagen zwischen Industrie und Politik ist eine Gegebenheit. Die Politik braucht eine starke Wirtschaft und umgekehrt. Dabei geht es nicht immer um das Wohl der Menschen, sondern eher darum, neue Märkte und Bedürfnisse zu wecken, um die Profitgier zu stillen bzw. den Bedarf wachsender Nachfrage zu decken und Machtverhältnisse zu klären.

Im Falle Südafrikas musste sich innerhalb kürzester Zeit ein großer Wandel vollziehen. Wurde bisher das Apartheidregime mit moderner westlicher Technologie wie beispielsweise Nachtsichtgeräten versorgt, so galt es jetzt die neue Regierung nicht zu verärgern. Ein großer Umbruch in Südafrika, denn mit der neuen Regierung setzte eine komplett neue soziale und politische Ausrichtung ein. Die Geschäfte der Vergangenheit sollten aber weiterlaufen oder in einigen Fällen nicht aufgedeckt werden. Aus Gerüchten der Sicherheitsdienste geht das Todesurteil für viele Manager hervor, denn Mitwisser der vergangenen Machenschaften stellten für die große Zukunft im Walzer der Industrie und Regierung eine potenzielle Gefahr dar.

Im Deutschen kennen wir das Sprichwort „Gelegenheit macht Diebe". In Südafrika schwingt dies unterschwellig im großen Chaos mit. Je größer das Chaos, desto mehr Gelegenheiten. Gelegenheiten, die gerne vom kleinen Gauner bis hin zu den großen wirtschaftlichen und anderen Interessen der Weltgemeinschaft wahrgenommen werden.

Diese Auflistung lässt sich beliebig verlängern, sie kann nicht alle Gründe und Aspekte umfassen, die den Istzustand in Südafrika widerspiegeln, dennoch besteht sie aus einem sehr ernsthaften Sortiment. Eine Mischung, die sich nicht leicht durchschauen lässt und kaum in ihre einzelnen Zutaten zurückzuverfolgen ist. Mancher Geschmack bleibt eine Spekulation, die Rezepte bleiben wohlbehütet von denen, die die Macht und das Kapital dazu besitzen.

Aktionen der Bürger. Wie viel hier die Unterschriftensammlungen der unschuldigen Bürger bewirken können, steht in den Sternen. Bereits in der Vergangenheit, Ende der 90er, versuchten die Menschen Südafrikas Missstände zu verdeutlichen. Sie stellten Schuhe ihrer geliebten, ermordeten Mitmenschen, Väter, Mütter und Kinder im Park neben dem Zoo in Johannesburg auf. Jedes Paar Schuhe symbolisierte einen getöteten Mitmenschen. Ein Bild des Grauens, denn so viele leere Schuhe, die einst mit Leben gefüllt waren, hatte niemand erwartet.

Die Kunststudenten zeichneten an eine große Graffiti-Mauer am Autobahnende zur Innenstadt Johannesburgs die Porträts unzähliger Opfer. Sie wurde „Wall of Shame – Mauer der Schande“ genannt. Die Wand musste mehrmals überstrichen werden, da gar nicht alle Bilder der Toten Platz fanden. Die Zeitung „The Star“ berichtete immer aktuell über die einzelnen Schicksale.

In dieser Zeit entwickelten sich neue Industriezweige der Sicherheitsfirmen, etwa ein Selbstverteidigungstrainingszentrum am Stadtrand Johannesburgs. Machen Sie sich selbst ein Bild der eingesetzten Werbemittel.

Das abgebildete Plakat liest:

Was lernen wir unseren Kindern?

Das es vollkommen in Ordnung ist von Zeit zu Zeit ausgeraubt zu werden. Das gehijackt zu werden nur eine kleine Unannehmlichkeit ist. Das es normal ist sich nachts Zuhause zu verstecken. Das du ruhig sein sollst wenn Kidnapper es von dir verlangen. Das du so angenehm wie möglich während der Vergewaltigung sein sollst. Das du so nett wie möglich lächelst falls du einen Straßenräuber verärgert hast.

Welche Art von Gesellschaft kreieren wir? Warum sollten wir auf „Experten“ hören die uns sagen wir sollen uns nicht wehren?

Stoppt es!

Lern dich zu wehren.

Lerne in Situationen mit denen hunderte von Südafrikanern täglich konfrontiert werden am Leben zu bleiben. Rufen Sie noch heute das Mungo Training Centre an (011) 701 3680.

Melden sie sich jetzt für einen Kurs an, der ihre Einstellung ändert und ihnen die Fähigkeit verleit mit allem fertig zu werden.

MUNGO TRIANING CENTRE
Bleib am Leben oder zahle den Preis

Fragen Sie sich an dieser Stelle, wie all das Leid, das in Südafrikas geballter Faust verborgen liegt, der globalen Gemeinschaft bisher entgehen konnte.

Doch richten wir unser Augenmerk im nächsten Kapitel auf ein Thema, das ebenfalls stark durch die Kriminalität beeinträchtigt ist, nämlich der Tourismus. Südafrika hat viele Schattenseiten und dennoch scheint es nirgendwo auf Erden kontroverser zu sein. Der Kampf ums Überleben findet in einer Umwelt statt, die Gott nicht schöner und eindrucksvoller hätte zeichnen können.

Werbung in Südafrika (Mungo Training Centre, South Africa)
Übersetzung J. Ellmer

8. Der Tourismus

Südafrika ist weltweit als ein Traumreiseziel bekannt und dies nicht zu Unrecht. Kaum ein anderer Fleck auf Erden hat eine solch vielfältige Flora und Fauna zu bieten.

Nur wenige Staaten können sich gleich zwei Mal der „Big Five“ brüsten. In Südafrika ist das möglich, und zwar im Meer genauso wie auf dem Land.

In zahlreichen Nationalparks können Sie auf Safaritouren die „Großen Fünf“, den Elefanten, den Leoparden, das Nashorn, den Büffel und den Löwen bewundern. Aber auch die Ozean-Safaris sind sehr faszinierend und bringen jeden zum Staunen. Die Herrscher des Atlantiks und des Indischen Ozeans vor der Küste Südafrikas sind die Hauptakteure: Wale, Haie, Delfine, Thunfische und Fächerfische. Aber nicht nur auf dem Land und im Wasser ist der Artenreichtum überwältigend. Auch die Vogelwelt verzaubert mit ihren über 900 Arten. Der Strauß ist der Größte unter ihnen, aber auch Adler und winzige Sonnenvögel und Kolibris sind in prächtigen Farben spektakulär zu beobachten.

Dieses Spektakel lockt jährlich Millionen von Touristen nach Südafrika. Nach Angaben der Direktorin für South African Tourism in Deutschland, Theresa Bay-Müller, reisten zwischen Januar und September 2006 alleine aus der Bundesrepublik Deutschland rund 170 000 Erholungssuchende und Abenteuerlustige an. Insgesamt besuchten in diesem Zeitraum rund sechs Millionen Touristen Südafrika. Die Tourismusindustrie beträgt ca. 7 % des Bruttosozialproduktes und beschäftigt über eine Million Menschen.

Die Regierung hat diesen wichtigen Faktor erkannt und fördert diesen Industriezweig nicht unerheblich. Der Minister für Umweltbelange und Tourismus, Marthinus van Schalkwyk, erklärte unlängst, dass das Land in den letzten drei Jahren rund 200 Millionen Rand alleine für Projekte mit grenzüberschreitenden Parks investiert hätte. Diese Parks verfolgen das Ziel, langfristig Arbeitsplätze in diesen weit abgelegenen Gebieten zu sichern. Aber auch die Wanderbewegung des Wildes soll in seiner natürlichen Form nicht durch unnötige Zäune und Hindernisse gestört werden.

Experten der Branche beklagen sich aber weiterhin, dass das Potenzial der Hotels und Parks noch lange nicht erschöpft sei. Die Parks seien beispielsweise nur bis zu einem Drittel der tatsächlich zur Verfügung stehenden Kapazität ausgelastet. Als Hauptursache wird die Kriminalität angegeben, die viele Menschen vor einem Besuch in Südafrika abhält.

Dies ist sehr bedauerlich, denn Südafrika kann in der Tat ein fantastisches Reiseland sein. Es ist fast das ganze Jahr über sonnig und hat sehr milde Winter. Südafrika liegt südlich des Äquators und die Jahreszeiten sind denen der nördlichen Hemisphäre entgegengesetzt. In den Bergen, z. B. den Drakensbergen, kann es im Winter auch zu Schneefällen kommen. Dennoch sind die Tagestemperaturen das ganze Jahr über angenehm. Im Winter können die Nächte in einigen Regionen recht kühl werden und die Temperaturen sinken dann auch bis auf den Gefrierpunkt, dies ist aber eher die Ausnahme. In Südafrika gibt es keine Sommer- oder Winterzeitumstellung. Die Differenz zu Mitteleuropa beträgt im Winter eine Stunde und im Sommer gibt es keinen Zeitunterschied, also MEZ (Mitteleuropäische Zeit) + 1 Stunde.

Wer die Wärme liebt, kann das ganze Jahr über Strandurlaub am Indischen Ozean genießen. Badetemperaturen sind zwölf Monate im Jahr gegeben. Südafrikas Strände gehören zu den schönsten der Welt und vielen wurde die „Blaue Flagge“ als Anerkennung für Qualität, Sicherheit, Sauberkeit, Nutzungsmöglichkeiten für Behinderte und vor allem für den Umweltschutz verliehen.

Südafrikas Küstenfläche erstreckt sich zwischen dem Atlantik und dem Indischen Ozean über eine Länge von mehr als 2500 km. Hier ist alles zu finden, von felsigen Kliffen bis zu langen weißen Sandstränden begleitet von meterhohen Dünen.

Südafrikas Grenzen stellen nicht nur die beiden Ozeane, sondern im Norden auch Namibia, Botswana, Simbabwe, Mosambik und Swasiland dar. Das Land ist 1 219 090 km^2 groß und hat eine Bevölkerungsdichte von ca. 40 Personen/km^2. Damit ist Südafrika so groß wie ganz West-Europa. Die Hauptstadt ist Pretoria mit rund 1,7 Millionen Einwohnern. Pretoria ist auch der Regierungssitz zwischen Juli bis Dezember. Von Januar bis Juni tagen das Parlament und die Regierung in Kapstadt. Das Westkap hat rund 4,5 Millionen Einwohner und ist einer der größten Bezirke. Der flächenmäßig kleinste Bezirk, aber die wirtschaftliche Metropole, ist Gauteng mit knapp neun Millionen Einwohnern.

8.1 Beliebte Reiserouten

Die meisten Menschen sind sehr gastfreundlich, liebenswürdig und hilfsbereit. Unterkünfte stehen in allen Kategorien zur Verfügung, angefangen von idyllischen Gästehäusern, romantischen Buschcamps, luxuriösen Safarizelten bis hin zu den schönsten Hotels der Welt.

Besonders dem Gaumen sind keinerlei Grenzen gesetzt. Kaum eine Küche ist genüsslicher, aromatischer und variantenreicher als die südafrikanische. Gleiches gilt auch für die Getränke. Die Auswahl an frischen Säften ist eben so groß wie die Auswahl der einheimischen Weine. Die wohl bekanntesten Weinanbaugegenden liegen im Kap. Stellenbosch und der alte Weinort Franschhoek sind bei den Touristen für Weinproben besonders beliebt.

In dieser Region liegt auch die berühmte Garden Route. Über sie ist ein Abstecher nach Hermanus empfehlenswert. Im südafrikanischen Winter versammeln sich Buckelwale in den dortigen Buchten, um ihren Nachwuchs aufzuziehen. Die Wale können aus nächster Nähe beobachtet werden.

Weiter im Osten liegt das Cape Agulhas, der südlichste Punkt Afrikas. Die Strecke führt weiter nach Swellendam, eine der ältesten Städte Südafrikas. Wer Zeit mitgebracht hat, kann die Reise nach Mossel Bay fortsetzen und von dort aus über Wilderness Knysna erreichen, eine der reizvollsten Städte an der Garden Route. Die nächsten Ziele sind die Bucht von Plettenberg Bay und der überwältigende Tsitsikamma National Park, der zwischen Bergen und dem Meer verläuft.

Danach geht es wieder Richtung Kap und zwar über Oudtshoorn, dem Weltzentrum der Straußenzucht. Ein Besuch auf einer der Farmen ist unerlässlich, denn hier werden die berühmten Straußenrennen veranstaltet. Die Route führt weiter durch die Halbwüste der Karoo bis hin zu den Weinanbaugebieten im Osten von Kapstadt mit dem lieblichen Ort Paarl. Die Garden Route ist dank ihrer szenenreichen Vielfalt eines der beliebtesten Reiseziele Südafrikas.

In Kapstadt selbst sind wunderschöne Ausflüge möglich, z. B. auf den Tafelberg oder auch eine Ausflugsfahrt an das Kap der Guten Hoffnung. Museen, Kinos, Theater, Einkaufsmöglichkeiten, Bummeln am Hafen, ein Besuch im Aquarium sowie einem Ausflug in den botanischen Garten steht nichts im Wege.

Aber nicht nur das Kap gehört zu den besonders schönen Regionen des Landes. Von der Wildcoast bis ins Landesinnere zu den Drakensbergen hoch nach Blyde River Canyon sind die Naturwunder kaum zu zählen. Neben den vielen Naturschutzgebieten und Wildreservoirs hinterlässt der Krüger National Park einen bleibenden Eindruck und verkörpert das traditionelle Tierreich Afrika. Der Krüger Park, jetzt auch „Greater Kruger Park“ genannt, weitet seine Grenzen nach Mosambik aus. Er erstreckt sich von Norden nach Süden über rund 350 km. Zwischen Ost und West liegen etwa 60 km. Damit ist alleine der ursprüngliche Teil des Parks mit seinen rund 20 000 km² der größte seiner Art in Südafrika und einer der Giganten auf dem Kontinent.

Die unerschöpfliche Naturvielfalt ist gleichermaßen überwältigend. Ein Ranger fasst zusammen: „336 unterschiedliche Baumarten konnten gezählt werden, darunter der Mopane Baum, die typischen Dornenbüsche sowie der Baobab Tree – Affenbrotbaum. Weiterhin zählt der Park 147 Säugetierarten, 507 unterschiedliche Vogelarten, 114 verschiedene Reptilien, 34 Amphibien- und Fischarten.“

Zu den beliebtesten Attraktionen zählen die Pirschfahrten in den offenen Jeeps sowie Fußwanderungen durch den Park, die durch erfahrene Wildhüter geführt werden. Die sogenannten „Bushbrai's“ – Grillabend am Lagerfeuer unter freiem Himmel in der Wildnis – finden nach Sonnenuntergang statt und sind sehr eindrucksvoll, da sich einige der wilden Tiere bis auf wenige Meter an das Lagerfeuer herantrauen.

Ebenfalls überwältigend ist das allabendliche Buschkonzert der Nachttiere, denn dann sind die Eulen, Hyänen, Löwen und andere Raubkatzen unterwegs. Übernachtungsmöglichkeiten gibt es in den Buschcamps. Es können runde Hütten mit Strohdächern gebucht werden oder es kann auch in Zelten übernachtet werden. Im Park kann jeder so richtig die Seele baumeln lassen und die Alltagsprobleme vergessen.

Zumindest traf dieses Bild bis Mitte 2007 zu. Inzwischen mussten auch an den runden Hütten Sicherheitsschlösser angebracht werden und die Fahrt bis zu den Einfahrtstoren des Parks gestaltet sich leider vielerorts gefährlich. Auf den Strecken werden immer mehr Überfälle gemeldet.

Südafrika ist von seinen Alltagsproblemen besonders geprägt. Der Park bietet auch einen Zufluchtsort für viele Einheimische, die sich einfach mal entspannen möchten.

Elefant im Krueger National Park
© J. Ellmer

8.2 Reisehinweise

Die zuvor genannten Reisebeispiele bilden nur einen begrenzten Ausschnitt an Möglichkeiten, die Südafrika zu bieten vermag. Leider sollten trotz der ganzen Euphorie die Reisehinweise der auswärtigen Ämter nicht unterschätzt oder missachtet werden. Vor allem nicht von denjenigen, die gerne mit einem Mietauto durch das Land touren. Für Backpacker ist Südafrika ganz und gar ungeeignet, sie würden sich nur unnötigen Gefahren aussetzen.

An dieser Stelle sollen einige Hinweise von Tourismusanbietern und den auswärtigen Ämtern, die unbedingt beachtet werden sollten, angeführt werden.

- Die Innenstädte von Johannesburg, Pretoria, Durban und Kapstadt sollten nach Geschäftsschluss und an Sonntagen gemieden werden. Auch tagsüber wird zu erhöhter Vorsicht geraten. Sowohl Stadtbesichtigungen als auch Townshipbesuche sollten in organisierter Form unter ortskundiger Führung stattfinden.

Zu diesem leider zutreffenden Punkt ist zu bemerken, dass in Zentral-Johannesburg ein Kameraüberwachungssystem installiert wurde und Berichten zufolge die Kleinkriminalität, etwa Taschendiebstahl, rückläufig ist. Die Stadt glich in der Nachapartheidzeit, außerhalb der Geschäftszeiten, einer Geisterstadt. Viele der Hochhäuser standen leer, die Geschäfte waren ausgezogen. In den letzten zwei Jahren scheint sich das Bild aber zu ändern und das Leben in der Innenstadt beginnt wieder zu pulsieren.

Die Stadt könnte nicht kontroverser sein. Am Straßenrand sitzen Friseure und für ein paar Rand ist jeder Stil bis hin zur

Glatze erhältlich. Daneben finden sich fein eingerichtete Beauty Salons und schicke Boutiquen. An kleinen Straßenständen wird fast alles angeboten, selbst gebastelter Schmuck, Souvenirs und Spielzeug bis hin zu frischem Obst, daneben erstklassige Restaurants. Die großen Gebäude der Banken glitzern im Sonnenlicht, vor der Tür betteln Kinder um Essen.

Die Townshipbesuche scheinen für viele Touristen wie eine magnetische Gewissensberuhigung zu sein. Sicher gibt es unterschiedliche Meinungen darüber, aber anstatt das Elend zu begaffen, wäre es vielleicht sinnvoller, eines der Waisenhaus- oder Aidsprojekte zu unterstützen.

- Abgeraten wird vom Benutzen der Vorortzüge in Johannesburg, Pretoria, Durban und Kapstadt (allenfalls 1. Klasse, nur zu Hauptverkehrszeiten).

Erst im Januar 2008 wurden die Waggons eines Vorortzuges von Pretoria in Brand gesteckt. Es kam zu Stromausfällen und die Bahn konnte nicht weiterfahren. Aus Wut darüber zündeten die Fahrgäste den Zug an.

Frust durch Stromausfälle – Fahrgäste stecken Zugwagons in Brand, Pretoria 2008
© J. Ellmer

Busbahnhof, Pretoria 2008
© J. Ellmer

- Taxis sollte man möglichst bei zuverlässigen, bekannten Unternehmen reservieren. Rucksacktouristen sollten auf sichere Unterkünfte und sicheren Transport achten. Von Fahrten per Anhalter und mit sogenannten Minibustaxis wird dringend abgeraten. Von Fremden angebotene Getränke in Bars oder Restaurants sollte man nicht annehmen. Fälle, in denen „k. o.-Tropfen“ beigemischt wurden, werden auch in Südafrika häufiger.

Zu den beiden zuvor genannten Punkten ist zu bemerken, dass es eigentlich keine sicheren öffentlichen Transportmittel gibt. Wenn Sie Südafrika überhaupt nicht kennen, sollten Sie sich einer organisierten Reisegruppe anschließen. Wenn Sie selbst fahren möchten, sollten Sie den Rat von Ortskundigen bzw. Reiseveranstaltern mit einbeziehen.

- Wegen der Gefahr von Fahrzeugentführungen und sogenannten „Smash-and-grab“-Überfällen sollten im Auto die Fenster immer geschlossen und die Türen von innen verriegelt sein. Handtaschen, Fotoapparate und dergleichen sollten nicht sichtbar im Auto liegen.

Generell sollten Wertgegenstände nicht getragen werden. Sie würden damit nur die Aufmerksamkeit auf sich lenken.

- Es wird empfohlen, bei Fahrten in zentrale ländliche Teile der Provinz Kwazulu-Natal und durch die sogenannte Transkei in der Provinz Eastern Cape möglichst Hauptverkehrsstraßen zu nutzen. In den übrigen Landesteilen sollten Überlandfahrten nach Einbruch der Dunkelheit nicht mehr unternommen werden, da Autopannen nach Einbruch der Dunkelheit ein erhebliches Sicherheitsrisiko darstellen.

Dieser Punkt ist ganz wichtig. Ich habe schon Fahrzeuge gesehen, die bis zum nächsten Morgen komplett ausgeschlachtet waren.

- Es wird davon abgeraten, an Aussichtspunkten oder Rastplätzen Halt zu machen, wenn dort keine anderen Touristen in Sichtweite sind.

Hier ist nicht nur Vorsicht vor menschlichen Überfällen geboten, sondern auch vor Affenbanditen. Ich hatte ein solches Erlebnis und mein Picknickkorb löste sich nach wenigen Minuten in Luft auf. Die Tiere wissen, dass die Besucher Lebensmittel mit sich führen, und sie warten nicht immer, bis sie eine Banane angeboten bekommen. Generell sollten Sie keine Tiere füttern.

Ein anderes Mal konnte ich die Erfahrung machen, als ich einem Äffchen eine Banane anbot, wie groß doch die Verwandtschaft sein kann. Dutzende von Äffchen, die ich in den nahe gelegenen Büschen und Bäumen nicht bemerkt hatte, stürzten sich auf die eine Banane, mir blieb nur noch die Flucht in den Wagen.

- Aus Sicherheitsgründen wird empfohlen, ein Mobiltelefon anzumieten, was auf den Flughäfen möglich ist, oder eines mitzubringen.

An dieser Stelle sind Sie wahrscheinlich etwas nachdenklich. Sie haben von Freunden und Bekannten gehört, die einen Traumurlaub in Südafrika verbracht haben. Das können auch Sie, es ist eben wichtig, die Spielregeln zu beachten, dann steht einem unvergesslichen Erlebnis nichts im Wege.

In puncto Sicherheit gibt es auf allen Ebenen noch viel in Südafrika zu tun. Vielleicht lassen sich Erfolge verzeichnen, wenn die Politik damit aufhört, dieses Problem, wie so viele andere, zu ignorieren, und das Potenzial der Tourismusindustrie ernster nimmt.

Dieser Industriezweig kann viele Arbeitsplätze schaffen und damit in kleinem, aber wichtigem Maße die Armut bekämpfen und gleichzeitig ein Stückchen des Teufelskreises der Gewalt und Verzweiflung durchbrechen.

An dieser Stelle sollten wir es nicht versäumen, die einzelnen Provinzen des neuen Südafrikas näher kennen zu lernen.

8.3 Die Provinzen

Das neue Südafrika hat gemäß seiner Verfassung neun Provinzen: Westkap, Ostkap, Kwazulu-Natal, Nordkap, Freistaat, Nordwest, Gauteng, Mpumalanga und Limpopo, denn nach den Wahlen 1994 wurden die früheren Homelands Bophuthatswana, Ciskei, Transkei und Venda wieder integriert.

Die Hauptstadt des Westkaps ist Kapstadt. Dort sprechen über 50% der Bevölkerung Afrikaans, gefolgt von Xhosa mit rund 24%. Englisch liegt erst an dritter Stelle. Das Kap ist nicht nur als Reiseziel bekannt, sondern auch für seinen Obst-, Wein- und Gemüseanbau sowie für die Straußen-, Schaf- und Rennpferdezucht. Die Industriezweige reichen von der Fischerei über Textilien bis hin zu Gas und Öl.

Das Ostkap mit der Hauptstadt Bisho und den bekannten Städten Port Elizabeth, East London, Umtata und Grahamstown ist überwiegend Xhosa sprachig (rund 84% der Bevölkerung). Diese Region wurde besonders durch die Kraftfahrzeugindustrie bekannt. In East London sind die Werke von Mercedes und Toyota angesiedelt.

Kwazulu-Natal ist die bevölkerungsreichste Provinz mit knapp 9,5 Millionen Bürgern. Die wohl bekannteste Stadt dieser Provinz ist Durban. Die Hauptstädte sind Pietermaritzburg und Ulundi. Diese Region ist die traditionelle Heimat der Zulus, deren Sprache dort noch von über 80 % der Einwohner gesprochen wird.

Das Nordkap ist flächenmäßig die größte Provinz. Die Hauptstadt Kimberley ist weltweit für das „große Loch“ berühmt. Es entstand, als Schürfer dort Diamanten mit einem Gesamtgewicht von 14,5 Millionen Karat förderten. Das Museum von Kimberley bringt heute das Gefühl des Gold- und Diamantenrausches jedem Besucher zurück.

Freistaat ist die Provinz im Herzen Südafrikas mit der Hauptstadt Bloemfontein. Hier ist die beheimatete Sprache Sesotho. Neben der Landwirtschaft leben die Menschen vor allem vom Bergbau.

Nordwest, wie die Richtung schon sagt, und die Hauptstadt Mafikeng liegen an der Grenze zu Botswana. In dieser Region wird überwiegend Setswana gesprochen. Zitrusfrüchte, Mais und Tabak aus dieser Gegend sind besonders beliebt. Aber auch der Bergbau mit seinen Uran-, Diamanten-, Platin-, Gold- und Marmorvorkommen ist nicht zu unterschätzen.

Über die Provinz Gauteng haben wir in den vorhergehenden Kapiteln schon einiges erfahren. Johannesburg ist das Herz der Finanzwirtschaft. Die angesiedelten Industriezweige liegen besonders im Transportwesen, dem Bergbau und der verarbeitenden Industrie. Johannesburg wird auch Egoli genannt, die Stadt des Goldes, die um die Jahrhundertwende unzählige Glücksritter anzog. Dieser Trend setzt sich bis heute fort.

Die Limpopo-Provinz wird von Botswana, Zimbabwe und Mosambik begrenzt. Ein großer Teil des Krüger-Parks liegt dort. Die warme Gegend ist reich an landwirtschaftlichen Produkten wie tropischen Früchten, Tee, Kaffee, Erdnüssen. Die Menschen in dieser Region sprechen überwiegend Sepedi und Xitsonga sowie Tshivenda. In der Hauptstadt Polokwane blüht der Handel auch mit Mais, Baumwolle und Zitrusfrüchten.

Mpumalanga, auch Land der aufgehenden Sonne genannt, eignet sich dank seiner warmen Temperaturen ausgezeichnet für den Anbau subtropischer Früchte und Zitrusfrüchte. Neben dem Bergbau hält hier die Forstwirtschaft einen erheblichen Stellenrang. In der kleinbürgerlichen Hauptstadt Nelspruit kann alles eingekauft werden, was für einen angenehmen Aufenthalt im Krüger Park oder auf den umliegenden Farmen gebraucht wird. Swati, Zulu und Ndebele sind hier die verbreiteten Sprachen.

Nachdem Sie Südafrika jetzt etwas besser kennen, sollten wir auf ein sehr brisantes Thema zu sprechen kommen und einen Blick in die Zukunft Südafrikas werfen.

9. Sport und FIFA – die WM 2010

Südafrikaner sind sportbegeisterte Menschen. Leider werden auch im Sport wie in der Wirtschaft Mechanismen zur Teamaufteilung in Bewegung gesetzt, die für Unmut unter den Sportlern sorgen.

Das südafrikanische Rugby Team gewann 2007 in Frankreich den Worldcup. Ein Team, das sehr hart an diesem Sieg gearbeitet hatte und doch im eigenen Zuhause wenig Anerkennung fand. Sportmoderatoren erwähnten gleich nach dem Schlusspfiff des Endspiels, dass dies wohl das letzte Spiel der „Bokke“ in dieser Form gewesen war.

Der Trainer wird dafür kritisiert, nur einen schwarzen Spieler im Team zu haben. Dies will die Regierung künftig nicht länger tolerieren. So bedeutete dieser Sieg für viele der Spieler auch das Ende ihrer hart erarbeiteten Karriere. Rugby war der Volkssport Nummer eins für Weiße während der Apartheidzeit. Das neue Südafrika könnte dann wohl nur auf ein schwarzes Rugby-Team stolz sein.

Schade, dass 14 Jahre nach der Rassentrennung immer weiter getrennt wird, anstelle dem Besten einen Sieg zu gönnen und die Freude und den Stolz darüber auf das ganze Volk zu übertragen – ohne dabei Farbe zu sehen. Den Verantwortlichen ging es nicht schnell genug, bereits Anfang 2008 wurden die Trainingsaufgaben einem schwarzen Nationaltrainer übertragen. Jack White, der Coach der Rugbyweltmeister, trat zurück und der Südafrikaner Peter de Villiers wurde zum ersten schwarzen Chefcoach in der Geschichte der „Springboks“ ernannt.

Doch zurück zur Sportbegeisterung, die sich nicht nur an der Zahl der über 400 Golfplätze, sondern auch an den Top-

Veranstaltungen, die im neuen Südafrika stattfanden und noch stattfinden werden, zeigt.

Darunter befindet sich der Rugby Worldcup 1995, die All African Games 1999 und der Kricket Worldcup 2003. Der Höhepunkt aber steht Südafrika noch bevor, nämlich die Fußball-Weltmeisterschaft 2010.

Diese Meisterschaft ist eine Herausforderung für viele. Zum ersten Mal in der Geschichte sollen die Spiele in einem afrikanischen Land stattfinden. Die Euphorie der Politiker, diese Chance zu nutzen, sich ein Denkmal zu setzen, übersteigt alle Messlatten. Aber nicht nur die Politiker verlieren sich im Rausch der Geschäfte und Gefühle, auch die FIFA stand einer solchen Aufgabe noch nie gegenüber. Die Frage, ob Südafrika denn wirklich reif genug als Gastgeber dieses großen Sportevents ist, steht ständig im Raum. Selbst die Verantwortlichen der FIFA zweifelten lange Zeit, doch dann kam im Jahr 2007 die Kehrtwende.

Zu diesem Zeitpunkt kann sich niemand mehr leisten, die Spiele zu verlegen oder nicht zum Erfolg werden zu lassen. Die Budgets werden bis auf das Letzte ausgereizt. Diese WM wird nicht nur die erste in Afrika sein, sondern auch die teuerste, die die Menschheit je erlebt hat. Geld spielt für die südafrikanische Regierung dabei wohl keine Rolle mehr. Es stimmt nachdenklich, wenn auf der einen Seite die Armut stetig wächst, die Aidskranken nur bedingt Medikamente erhalten können und sich niemand um die über eine Million Waisenkinder in den Straßen Südafrikas kümmert. Können die Spiele diese Probleme beseitigen oder werden sie durch die Neuverschuldung nur noch größer? Südafrika macht seiner kontroversen Natur wieder einmal alle Ehre.

Für die Ärmsten des Landes bedeutet die WM, weiter auf soziale Programme zu warten, denn die Spiele lassen sich ohnehin nur aus der weiten Ferne beobachten. Die Eintrittspreise sollen zwischen 20 und 1100 Dollar liegen. Das Durchschnittseinkommen liegt in Südafrika bei etwa 3500 Rand (500 Dollar). Die Hälfte der Bevölkerung lebt unter der Armutsgrenze und viele haben nur etwa zwei Dollar am Tag zur Verfügung. Diese Menschen haben wohl eine geringe Chance, jemals eines der Stadien von innen zu sehen.

Seit einigen Wochen ist nicht mal mehr die Stromversorgung im Land sicher und viele Menschen werden die Spiele deshalb auch nicht via Fernsehen mitverfolgen können. Die FIFA verlangte bereits für jedes Stadion einen eigenen Generator. Dunkle Zeiten für das Volk.

Nach großen Anlaufschwierigkeiten rasen die Vorbereitungen auf Hochtouren und die von der FIFA in anderen Ländern verlangten Voraussetzungen, solche Spiele austragen zu dürfen, schrumpfen in sich zusammen wie ein Reifen, aus dem die Luft gelassen wird. Es findet also eine enorme Annäherung statt, um gemeinsam ans Ziel zu kommen. Gemeinsam im Sinne von FIFA, Industrie und den Black Diamonds, der neuen schwarzen, reichen Elite.

Voll Stolz verkündeten die südafrikanischen Organisatoren den WM-Slogan „Kenako celebrate Africas humanity!" – „Zeit, Afrikas Menschlichkeit zu feiern!" Ist dies wirklich der Sinn, der hinter diesem Ausruf steckt, oder trifft eher die wörtliche Übersetzung aus den nationalen Sprachen Pedi, Sotho und Tswana zu, in denen der Begriff „Kenako" mit „es ist an der Zeit" übersetzt wird?

Im Raum steht die Frage: Zeit wofür? Die Politik des neuen Südafrikas neigte schon immer etwas dazu, den Rest der Welt für seine Probleme verantwortlich zu stempeln.

Die größten Probleme hinsichtlich der reibungslosen Bewältigung der WM liegen in der Infrastruktur, den Stadien und den brutalen Gewaltwellen der Kriminalität.

9.1 Die Stadien

Deutschland steht an Südafrikas Seite und hilft mit Rat und Tat ebenso gerne wie bei dem Bau der Stadien. Südafrika braucht zehn Fußballarenen, wovon vier noch gebaut werden müssen und vor einigen Wochen auch die ersten Spatenstiche gemacht werden konnten. Die FIFA ist längst von den Plänen abgerückt, diese Stadien 2008 besichtigen zu wollen. Vielmehr wurde der Zeitpunkt der Fertigstellung um ein Jahr auf 2009 verschoben.

Auch die Voraussetzungen öffentlicher Verkehrsmittel, wie U-Bahnen und Straßenbahnen, sind vom Tisch. So etwas gibt es in Südafrika nicht. Die zusätzlich verlangten 55 000 Schlafplätze sollen ebenfalls noch aus dem Boden gestampft werden. Südafrika befindet sich in einem regelrechten Baurausch. Stadien, Flugplätze, Arenen, Straßen, ein Bahnnetz, Hotels, Einkaufszentren – die Liste ist lang. Die Rechnungen sind hoch. Kaum ein Objekt lässt sich im geplanten Budgetrahmen verwirklichen. Die Stromversorgung bricht immer öfter zusammen. Die unter der ehemaligen weißen Regierung entstandenen Netze sind bis zur letzten Kapazität ausgelastet. In der neuen Regierungsperiode dachte niemand über Versorgungsengpässe nach. Auch für die Zukunft scheint es keinerlei Planungen zu geben. Die Vorstellung der hell beleuchteten Stadien im schwarzen Loch des Umfeldes werden immer realistischer.

Kapstadt African Renaissance

Der Bau der African Renaissance Arena in Kapstadt wurde aus Finanzierungsgründen und Rechtsstreitigkeiten schon mehrfach auf Eis gelegt. Die Bürgermeisterin Helen Zille warnt davor, dass Kapstadt nach dem Bau des Superstadions in Green Piont bankrott sein könne. Befürchtungen kamen hoch, dass die ANC-Stadtverwaltung das Bauvorhaben absegnen möchte, ohne die Kosten gründlich kalkuliert zu haben. Der Stadionbau, der ursprünglich nicht mehr als 1,5 Milliarden Rand kosten sollte, wird jetzt auf 3,8 Milliarden Rand geschätzt. Das gesamte jährliche Budget der Stadtverwaltung beträgt aber nur eine Milliarde. Die Bürgermeisterin befürchtet den Bau nicht finanzieren zu können, ohne andere Projekte, die dringend nötig sind, liegen zu lassen.

Da es in Kapstadts Regionen noch immer Menschen gibt, die nicht an die Kanalisation oder Strom angeschlossen sind, scheint dieses Stadion dagegen ein Inferno. Die Bürgermeisterin hat es nicht leicht, sich gegen die Kritik des ANC durchzusetzen. Die Regierung sagte zwar ursprünglich 500 Millionen Rand Zuschuss für den Bau zu, kritisierte aber die Schätzung von 3,8 Milliarden Rand. In dieser Zahl seien auch die Anpassungen für Straßenbau usw. enthalten und nicht rein die Kosten für den Stadienbau. Wie aber sollen die Zuschauer ohne Straße zum Stadion gelangen.

Die Regierung, die fünf Milliarden Rand für den Bau und die Renovierung aller zehn Stadien zur Verfügung stellen wollte, hat das Budget Berichten zufolge bereits Ende 2006 auf 8,4 Milliarden Rand erhöht. Kapstadt hat jetzt von dem aufgestockten Budget den Löwenanteil mit 1,9 Milliarden Rand Unterstützung erhalten. Es wurde auch darüber nachgedacht, falls die Finanzierung nicht geregelt werden könne, mit der FIFA zu sprechen. Voraussetzung der FIFA ist ein Stadion mit 68 000 Sitzplätzen. Das bereits vorhandene Rugby Stadion Newlands hätte auf 55 000 Sitzplätze leicht erweitert werden können.

Doch wie es scheint, wird der Bau des großen Elefanten vorangetrieben. Überschattet war das Projekt von Anfang an. Bis heute führen Gerichtsprozesse immer wieder zum Stillstand. Das Stadion soll direkt an einen eingewachsenen Golfkurs, auch die grüne Lunge genannt, gebaut werden. Das Golfgelände wurde für 100 Jahre an den Metropolitan Golf Klub verpachtet und auch voll von diesem Klub finanziert. Die Ausmaße des Stadions werden aber wohl Teile dieser „grünen Lunge" verschlingen. Der Pachtvertrag endet 2009, er soll aber eine Klausel enthalten, nach welcher der Vertrag für den Bau von öffentlichen Sportstätten innerhalb von drei Monaten gekündigt werden kann. Dies ist nicht der einzige Aufschrei. Eine Interessensgruppe hat inzwischen eine richterliche Verfügung erhalten, den Abriss des alten Stadions in Green Piont zu verhindern. Pech nur, denn bereits 90% der Arena waren durch Abbrucharbeiten zerstört.

Während andere Städte wie Polokwane und Durban die Rechtsstreitigkeiten beilegen konnten, wird in Kapstadt heftig weiter gestritten und das Fertigstellungsdatum rückt immer weiter nach hinten.

Selbst die Gewerkschaft Cosatu Western Cape meldete sich zu Wort, denn sie hatten ihre Unterstützung für die Weltmeisterschaft unter der Voraussetzung gegeben, dass durch die Spiele Arbeitsplätze in unterentwickelten Gebieten entstünden. Cosatu schlug deshalb vor, das Stadion näher an den Townships zu bauen, beispielsweise an den Cape Flats.

Von dort aus könnten dann die Umrisse des Stadions von den Menschen Afrikas gesehen werden, die weder Strom noch Wasser noch Arbeit haben, aber davon träumen potenzielle Zuschauer zu sein. Orte, an denen der Sport für die Menschen die einzige Abwechslung im Überlebenskampf bietet, das günstige Spiel mit der leeren Colabüchse als Fußball. Trotz aller Bemühungen der Gewerkschaft beschloss die Regierung gemeinsam mit der FIFA den berühmten Green Point als potenziellen Standort zu wählen. Nur 500 Meter vom Atlantik entfernt und mit dem Tafelberg im Hintergrund eine super Szenerie. Die großen Hotelketten befinden sich bereits dort. So liegt das Stadion auch weit genug von den sogenannten Schandflecken Kapstadts entfernt.

Auch die Zukunft des Stadions nach der WM bereitet Kopfzerbrechen. Denn das Alte ist schon kaum mit Eventbegeisterten, die für Eintrittskarten zahlen können, zu füllen. Kapstadt wurde bereits als Ausrichtungsort für den FIFA Confederations Cup South Africa 2009 gestrichen, da die Verantwortlichen nicht mit einer Fertigstellung der African Renaissance Arena bis Juni 2009 rechnen können. Doch werfen wir kurz einen Blick auf die anderen Stadien.

Johannesburg – Soccer City, FNB

Bereits im Februar 2007 zeichnete sich ab, dass das von der Regierung geplante Budget für den Weltcup erneut nicht ausreichen würde. Der Finanzminister Trever Manuel verkündete deshalb die Anhebung des Budgets um neun Milliarden Rand auf insgesamt 17,4 Milliarden Rand. Anders ausgedrückt, das Kapital wurde plötzlich mehr als verdoppelt. Südafrika schwimmt demzufolge im Geld.

Das alte First National-Bank-Stadium in Johannesburg, jetzt Soccer City genannt, wird das größte aller Stadien werden, mit einer Kapazität von rund 96 000 Sitzplätzen. Die Regierung stellte für Renovierungsarbeiten 1,5 Milliarden Rand bereit. Die Sitzplätze sollen überdacht, die Umkleideräume erneuert und Flutlichter installiert werden. Im Juni 2010 soll dort das legendäre Eröffnungsspiel abgehalten werden. Die Bauarbeiten wurden im Februar 2007 begonnen und das Stadion soll bis 2009 fertig renoviert sein.

Johannesburg – Ellis Park

Johannesburg verfügt gleich über zwei Arenen. Ellis Park, die Kleinere, soll 10 000 zusätzliche Sitzplätze hinter den Toren erhalten und dann eine Gesamtkapazität von über 60 000 Zuschauern haben.

In einer Werbeanzeige für das Stadion las ich, wie vor allem die zentrale Lage zur Innenstadt und die Sicherheit hervorgehoben wurden. Wer Johannesburg kennt, weiß, dass sich hinter der zentralen Lage ganz andere Features verbergen. Gegenden, in denen sich niemand gerne verirrt. So grenzt beispielsweise der Bezirk Bertrams direkt an das Ellis Park Stadion. Diese Gegend ist als heruntergekommen und gefährlich bekannt, mit anderen Worten, eine „No Go Zone". Dort hausen in abbruchreifen Gebäuden Arbeitslose, Flüchtlinge, Obdachlose und illegale Immigranten. Wer sich hier verirrt, läuft leicht Gefahr sein Eigentum oder Leben zu verlieren. Selbst die Polizei ist der Situation ausgeliefert. Trotz rund 60 Festnahmen am Tag reißt die Gewaltwelle nicht ab. Der Drogenhandel blüht an jeder Ecke.

Die Regierung kennt diese Löcher und versucht Südafrika scheinheilig nach außen ein neues Gesicht zu verpassen. So werden alleine für den Aufbau dieser Gegend – Doornfontein, Bezuidenhout Valley, Troyeville, Judith's Paarl und Lorentz-Ville – zwei Milliarden Rand ausgegeben.

Sam, der dort eine Wohnung mietet, schätzt die Situation so ein: „Um durch Bertrams sicher ins Stadtzentrum zu gelangen, solltest du wohl nur ‚Bodypainting'-Körperfarbe, tragen. Bertrams ist Chaos, aber wir sind daran gewöhnt. Ich ärgere mich nur, dass einige Eigentümer der zerfallenen Gebäude jahrelang untergetaucht waren, jetzt, wo es etwas zu verdienen gibt, kommen sie plötzlich zum Vorschein. Die Immobilienpreise haben sich in kurzer Zeit verdoppelt. Meine

Nachbarn, die kein Einkommen haben, wurden evakuiert. Ich weiß nicht, wo sie jetzt leben. Die Bruchbude jedenfalls soll in den nächsten Tagen abgerissen werden. Dort sollen Billigwohnungen entstehen. Auch die seit Jahren leer stehenden Bürogebäude sollen zu Billigwohnungen umgebaut werden. Jahrelang hat sich niemand um das Elend hier geschert, doch im WM-Rausch will man sich nicht blamieren, sein Gesicht bewahren. Die Mieten hier wurden bisher durch Slum-Lords eingetrieben und an die Eigentümer, die sich nicht länger in unsere Gegend wagten, weitergeleitet. Gerne möchte ich wissen, in welche Wellblechhütte meine Nachbarn umgesiedelt wurden, denn Zurückkehren ist für diese Familie ausgeschlossen. Sie können sich keine Miete in den neuen Apartments leisten, das ändert auch die WM nicht. Ganz im Gegenteil: So unerschwinglich war Wohnen noch nie." Die Gegend, die eher einer Szene nach dem Weltkrieg gleicht, soll also ein neues Gesicht bekommen. Doch ändert dieses neue Make-up die sozialen Probleme oder kehren diese zum Alltag nach der WM zurück?

Das Ellis Park Stadion hat eine lange Geschichte, die bis 1927 zurückreicht, als der erste Spatenstich für das alte Stadion gemacht wurde. Heute gehört das 1982 fertiggestellte neue Stadion der Firma Ellis Park Stadium (Pty) Ltd. Auch hier regelte BEE 2006 die Vergangenheit und 51% der Firma liegen in schwarzen Händen. Die gleiche Firma managt nicht nur dass Ellis Park Stadion, sondern auch das Johannesburg Athletic Stadium und die Standard Bank Arena.

Neben Johannesburg und Kapstadt steht auch Durban vor der Frage, ob es sich ein neues Stadion leisten kann. Doch der Wahn nach Ruhm scheint in diesen Tagen in Südafrikas Finanzlage die Fähigkeit zu besitzen, Berge in Bewegung zu versetzen.

Durban – King Senzangakhona

Durban liegt inmitten der Zulu-Kultur und das neu zu errichtende Stadion soll deshalb auch den Namen eines großen Zulu Häuptlings tragen. Es wurde nach dem Vater des berühmten Königs Shaka Zulu benannt. Die Arena soll 70 000 Zuschauer fassen und direkt neben das bestehende ABSA-Stadion gebaut werden. Auch hier wurden die ursprünglich geschätzten Kosten von 1,6 Milliarden Rand bereits auf rund 1,9 Milliarden Rand korrigiert.

Über die Finanzierung hält man sich sehr bedeckt. Das Stadion soll eine Tiefgarage mit 10 000 Stellplätzen erhalten, eine weitere Tiefgarage mit 70 000 Stellplätzen ist neben der Arena in Planung. Durban wird also zwei Stadionriesen nebeneinander haben. Pech nur, dass die Infrastruktur so angelegt ist, dass die beiden Stadien nicht gleichzeitig genutzt werden können.

Ein Robbie Williams Konzert lockt etwa 35 000 Zuschauer an und ein Rugby-Match der Natal Sharks verzeichnet durchschnittlich 11 000 Fans. Es stellt sich also die Frage, wie sich nach der WM die Stadien ausbuchen lassen, um die Unterhaltskosten zu decken. Obwohl diese Fragen nicht klar beantwortet sind, plant die Stadt doch lieber weiter und denkt ebenfalls über den Bau eines neuen Flughafens, den King Shaka International-Airport, nach.

Weitere Stadien

Das bestehende Loftus-Versfeld Stadion in Pretoria muss lediglich aufgepeppt werden und wird eine Kapazität von rund 50 000 Zuschauern haben, also für Erst- und Zweitrundenspiele geeignet sein. Leider wurden die Stadien von den neuen Eigentümern des neuen Südafrikas im letzten Jahrzehnt nicht ausreichend instand gehalten und es kommt überall nach gründlicher Betrachtung zu massiven Mehrausgaben.

Im Gegensatz zu dem Nelson Mandela Bay Stadion in Port Elizabeth, welches erst noch für 1,1 Milliarden Rand komplett neu gebaut wird und Platz für 50 000 Zuschauer haben soll. Neben einem neuen Straßennetz will die Stadt auch in neue Busse investieren. Sepp Blatter, der Vorsitzende der FIFA, erhielt bereits durch die Nelson Mandela Metropolitan University in Port Elizabeth im April 2006 ein Doktorat der Philosophie.

Auch ganz im Nordosten Südafrikas, Nelspruit, entsteht ein neues Stadion für etwa 40 000 Zuschauer und zwar die Mbombela Arena. Das Objekt wird wohl kaum vor 2010 fertig sein, da sich der Baubeginn durch eine große Finanzierungslücke stark verzögerte. Einer der verantwortlichen Manager für diesen Stadienbau hatte sich mit den dafür bereitgestellten Geldern nach Dubai abgesetzt.

Dann steht auch noch die Antwort der Frage bezüglich der Unterkünfte aus. Die Region hat höchstens eine Kapazität von 25 000 Betten, wobei der gesamte Krügerpark schon mit einkalkuliert ist. Bei einem ausverkauften Spiel werden die Fans wohl zelten müssen, sollte sich keine Privatunterkunft auftun.

Das auf 600 Millionen Rand geschätzte Objekt entsteht auf dem Gelände einer Schule, die dem Stadionbau Platz machen musste. Für den Neubau der Schule wurde ein Sumpfgebiet lokalisiert. Die Behörde, die für öffentliche Arbeiten zuständig ist, leitet die Umsiedlung. Ein Gutachten zur Einschätzung umweltbelastender Faktoren für die Schule wurde nicht erstellt und die Behörde führt einfach nur durch, was von ihrem Auftraggeber, der Bildungsbehörde, verlangt wird. Vielleicht könnte der Unterricht ja nach der WM im neuen Stadion fortgesetzt werden.

Als weiterer WM-Stützpunkt wurde ganz im Norden des Landes Polokwane, früher bekannt als Pietersburg, lokalisiert.

Das dortige Peter Mokaba Stadion kann bis zu 40 000 Zuschauer aufnehmen.

Ebenfalls wie Polokwane soll in Bloemfontein das Free State Stadion renoviert werden und bis zu 40 000 Fans fassen können. Die Flutlichter und Anzeigetafeln sowie das Tonsystem werden erneuert.

Und nicht zuletzt der Royal Bafokeng Sport Palast in Rustenburg. Dieser Sport Palast wurde erst 1999 erbaut und konnte durch die reichhaltigen Platinvorkommen der Gegend finanziert werden. Das Stadion fasst ebenfalls 40 000 Zuschauer und ist als große Ausnahme die geringste finanzielle Sorge.

Stadienübersicht:

Stadt	*Stadion*	*ca. Zuschauerzahl*
Johannesburg	Soccer City	96 000
Johannesburg	Ellis Park	60 000
Durban	King Senzangakhona	70 000
Kapstadt	African Renaissance	68 000
Pretoria	Loftus-Versfeld	50 000
Port Elizabeth	Nelson-Mandela-Bay	50 000
Nelspruit	Mbombela	40 000
Polokwane (Pietersburg)	Peter Mokaba	40 000
Bloemfontein	Free State	40 000
Rustenburg	Royal Bafokeng	40 000

geplante Fußballarenen WM 2010
Darstellung Eva Ellmer

Die deutsche Industrie freut sich über die neuen Stadien, denn sie erhielten Zeitungsberichten zufolge ein großes Auftragsvolumen. So soll beispielsweise ein deutsches Architektenbüro die Arena in Port Elizabeth und Durban entwerfen. Jetzt spekulieren sie auf einen Auftrag aus Kapstadt. Es wundert also nicht, dass Deutschland überaus gerne an der Seite Südafrikas diese WM zu einem Erfolg führen will. Der Bau der Stadien ist aber nur ein Meilenstein auf dem Weg der WM-Planung. Transport und Sicherheit müssen auch gewährleistet werden und nicht zuletzt die Stromversorgung, die großes Kopfzerbrechen bereitet. Hier müssen neue Kapazitäten geschaffen werden, die einen weiteren Löwenanteil des Staatsbudgets verschlingen werden.

Und wiederholt steht die Regierung vor der Entscheidung: Gelder für die Stadien oder weitere Einschnitte in die Sozialprogramme. Das erhoffte Wirtschaftswachstum während der WM wird schnell verpuffen. Zurück bleiben dann die ohnehin schon Resignierten Südafrikas und nicht abschätzbare finanzielle Bürden im Stadienbetrieb und Staatshaushalt.

Deutschland bietet in allen Fragen, egal ob Stadionbau, Stromversorgung oder Transport, seine Hilfe an. Die deutsche Industrie sieht großartige Geschäftschancen in Südafrika. Jürgen Schrempp berät hilfsbereit die deutschen Fußballfans, unter denen sich Siemens, Solarworld, Berlin-Wasser und die Commerzbank tummeln. Daimler, BMW und VW sind bereits am Standort und machen sich voller Aufopferung über die noch fehlenden Transportmittel, wie etwa 1000 Busse, Gedanken. Daimler setzte schon seit vielen Jahren auf die Unterstützung der Fußballklubs, während BMW den Mut aufbrachte Aidsmedikamente kostenlos an die Angestellten zu verteilen.

Notwendige Kritik an der Politik des WM-Gastgebers will sich die Industrie nicht erlauben. Die guten Beziehungen zur

Regierungsspitze müssen um jeden Preis aufrechterhalten werden. Diese Spielregel gilt seit Jahrzehnten. Für Kritiker lässt sich schnell das ein oder andere kleinere Hilfsprogramm als Abwehrschild herzaubern und die Medien saugen diese Angebote wie einen trockenen Schwamm blind und unverantwortlich auf.

9.2 Infrastruktur – Transportwesen – Strom

Hier machte die FIFA die wohl größten Abstriche im Anforderungen-Katalog für den Gastgeber einer WM in der FIFA-Geschichte. Es gibt wenig Zugverbindungen, keine U-Bahnen und keine Straßenbahnen. Die Benutzung der wenigen Züge ist gefährlich. Immer wieder werden Meldungen bekannt, dass Waggons in Flammen aufgehen oder Menschen aus den Zügen geworfen werden. Deshalb haben die auswärtigen Ämter die Empfehlung ausgesprochen, eine Zugreise nur in der ersten Klasse zu buchen.

Die Regierung plant dennoch eine neue Strecke für die WM zwischen Pretoria, Johannesburg und dem internationalen Flughafen. Bezüglich dieses Projekts gab es heftige Auseinandersetzungen und gegenseitige Korruptionsvorwürfe. Involvierte Bauexperten erteilen der Fertigstellung bis 2010 eine klare Absage. Wenn überhaupt könnte eine der vier geplanten Trassen in Betrieb genommen werden. Auch hier ist wie schon bei den Stadienobjekten das Budget ins Endlose gerutscht. Die ursprünglich veranlagten Baukosten haben sich inzwischen verdreifacht. Man rechnet mit knapp 28 Milliarden Rand für dieses Projekt. Ein weiteres Projekt für Schnellzüge auf der Strecke Johannesburg-Durban existiert nur als Skizze auf einem Blatt Papier.

Aber nicht nur der Zug, sondern auch der Straßenbau verschlingt gewaltige Summen. In Südafrika ist es üblich, mit sogenannten Minibussen zu reisen. Die Regierung versuchte auch durch Finanzierungshilfen die Taxifahrer zum Kauf neuer Kleinbusse zu animieren. Viele der alten Fahrzeuge sind weder fahrtüchtig noch verkehrssicher. Hinzu kommt noch die Kamikaze-Fahrpraktik der Chauffeure. Von den tausenden Taxis, die illegal unterwegs sind und deren Fahrzeugführer weder Lizenz noch Führerschein haben ganz zu schweigen. Wenn Finanzminister Trevor Manuel aber weiterhin das WM-Budget aufstockt, besteht Hoffnung, auch das Transport-Problem eines Tages zu lösen.

Die Bauarbeiten an den Flughäfen in Johannesburg und Durban gehen planmäßig voran. Die abertausenden von Wellblechhütten, die den Weg zwischen dem Kapstädter Flughafen ins Stadtinnere säumen, werden nicht bis zum Anpfiff verschwinden. Dort warten hunderttausende von verarmten Menschen in ihren Elendsquartieren auf menschenwürdige Unterkünfte. Diese Projekte werden aber seit Jahren immer wieder aus Geldmangel verschoben.

Ein noch viel größeres Problem als das Transportwesen liegt in der Stromversorgung. Die Elektrizitätsgesellschaft Escom warnte die Regierung viele Jahre im Voraus, dass es ab 2007 zu Engpässen kommen würde. Die Regierung ignorierte diese Ansagen und beauftragte weitere Stadienbauten, ohne die Energieversorgung im Auge zu behalten. In der gesamten Regierungszeit Thabo Mbekis wurden keine zusätzlichen Kraftwerke gebaut, ebenso wenig wurde deren Bau geplant. Seit 2008 müssen folglich ganze Bezirke für mehrere Stunden täglich vom Strom abgeschaltet werden. Eine weitere Verzögerung im Stadienbau würde einer Katastrophe gleichen.

Auch das Transportwesen ist von den Stromabschaltungen betroffen, die Ampelanlagen sind in diesen Zeiträumen außer Betrieb und das Verkehrschaos nicht mehr überschaubar. Nachdenklich stimmt die Tatsache, dass auch keine Kraftwerke in Planung sind, mit anderen Worten: Dieser Zustand wird sich im kommenden Jahrzehnt wohl kaum positiv ändern. Zulange hat das neue Südafrika die Gaben der Apartheid-Ära gebraucht, ohne darauf aufzubauen oder anzuknüpfen.

9.3 Sicherheit

Die Gewaltbereitschaft in Südafrika stieg gerade in den letzten Monaten wieder stark an. Ausgerechnet jetzt, wo sich Südafrika ein solches Image nicht leisten kann. Sie kennen die Faktenlage aus dem Kapitel der Kriminalität und ich brauche sie an dieser Stelle nicht zu wiederholen.

Bereits während der Auslosungsvorbereitung der Qualifikationsgruppen Ende November 2007 in Durban bekamen die Sportfans einen kleinen Vorgeschmack. Neben anderen Aktentaschen wurde auch die des Nationalteamverkäufers Oliver Bierhoff im Hotel geklaut. Schlimmer kam es aber noch, als die Leiche des österreichischen ehemaligen Fußballprofis Peter Burgstaller auf einem streng bewachten, luxuriösen Golfplatz mit einem Brustschuss gefunden wurde. Franz Beckenbauer hatte den zweifachen Familienvater zuvor noch auf dem gemeinsamen Flug nach Durban getroffen. Burgstaller hatte Beckenbauer um Karten für die Auslosung gebeten, doch diese konnte Burgstaller nicht mehr lebend entgegennehmen.

FIFA Präsident Blatter versuchte sofort die Meldungen herunterzuspielen und verwies darauf, dass Burgstaller als Tourist und nicht in Sachen Fußball in Südafrika unterwegs gewesen sei. Außerdem strengte er den Vergleich an, Kriminalität gäbe es überall – in Zürich sei auch ein 16 Jahre altes Mädchen überfallen worden. Blatter hat an dieser Stelle wohl die 150 Vergewaltigungen, die täglich in Südafrika vorkommen, vergessen. Diese Zahlen sind wohl kaum mit denen der Schweiz zu vergleichen. Außerdem würde interessieren, wie die Kriminellen während der WM die Fußballfans von den Touristen unterscheiden sollen und warum sie die Fußballfans verschonen sollten. War Peter Burgstaller nicht auch ein Fußballfan, der sich gerne die Auslosung in Durban angesehen hätte? Kommt an dieser Stelle bei Ihnen nicht auch die Frage hoch, wem es eigentlich worum in dieser WM geht?

Der Tourismusminister van Schalkwyk verkündete auf der Tourismusbörse in Berlin im Frühjahr 2007, dass der Polizeiapparat jährlich bis zur WM um 11 000 Polizisten aufgestockt würde. Mit anderen Worten sollen bis zur WM über 190 000 Polizisten im Einsatz sein. Auch das Budget der Polizei werde um 34 Prozent aufgestockt und das der Justiz um 52 Prozent. Ebenfalls sollen 320 000 zusätzliche Sicherheitskräfte aus dem Privatsektor zum Einsatz kommen. Die Regierung garantiert die Sicherheit der Spieler und WM-Besucher.

Ist es nicht makaber, dass Mbeki vor wenigen Monaten das Wort Kriminalität noch gar nicht über die Lippen kam. Um die eigenen Bürger zu schützen fehlt es an Geld, aber die Sicherheit der Spiele zu gewährleisten darf kosten, was es wolle. Überall im Land ist die ausufernde Gewalt zu spüren. Kaum eine Familie ist nicht davon betroffen oder hat bereits ein Familienmitglied verloren.

Die hohe Arbeitslosigkeit, die Massenarmut sowie das Desinteresse des dominierenden ANC gefährden die nötige Stabilität einer jungen Demokratie. Hinzu kommen die seit 2007 immer häufiger auftretenden Engpässe der Stromversorgung. Durch die im Dunkel liegenden Stadtviertel klettern die Einbruchraten. Viele Alarmanlagen sind ohne die nötige Stromversorgung außer Betrieb, das macht es den Dieben leicht. Alleine im letzten Halbjahr 2007 wurden über 100 000 Einbrüche registriert und weit über 9000 Morde. Besonders auffällig ist die Brutalität, mit der in vielen Fällen vorgegangen wird. Die Opfer werden eben nicht nur beraubt, sondern vergewaltigt, gefesselt, geprügelt und misshandelt. Erleben wir da eine neue Kultur der Kriminalität?

BEE wird als legales Instrument gebraucht, um Megasummen von Kapital in die Hände weniger schwarzer Vorstände, Manager und Aufsichtsräte zu verschieben. Die Bevorzugung schwarzer Kandidaten bei der Stellenvergabe trägt zur Massenabwanderung gut ausgebildeter Fachkräfte bei. Ingenieure und Ärzte, die einen wichtigen Platz in der Vorbereitung zur WM einnehmen könnten.

Stattdessen bedient sich Südafrika der Expertise aus dem Ausland, welche bei dem jetzigen Wechselkurs unüberschaubare Summen verschlingt. Selbstverständlich hilft das Ausland gerne, doch ist sich Südafrika der langfristig zu erwartenden Folgen bewusst? Bis zum Anpfiff am 11. Juli 2010 ist noch Zeit, viel Zeit die Budgetrahmen weiter zu sprengen und noch mehr Geld aus Südafrika abfließen zu lassen.

Bestürzend ist die Realität, dass Fußballfans um jeden Preis geschützt werden sollen, während im Alltag die Einheimischen auf einen solchen Schutz nicht im Geringsten hoffen dürfen. Sehen wir Südafrika nur noch mit der WM-Brille?

9.4 Die Nationalelf – Bafana, Bafana

Der Regierung ist nichts zu teuer und die Bevölkerung kritisiert die Kosten für das Training einer repräsentativen Nationalelf. Bisher hat Südafrika in der internationalen Fußballwelt keine Spuren hinterlassen.

Während die Hälfte der Bevölkerung unter der Armutsgrenze lebt und viele kein Einkommen haben, verdient der angeheuerte Fußballtrainer aus Brasilien, Carlos Parreira, nicht schlecht. Ihm wird ein Monatsgehalt von 1,8 Millionen Rand gezahlt.

Dumm nur, dass er vorübergehend nicht in Südafrika arbeiten durfte. Der „Business Day" berichtete, Parreira und sein Assistent Jairo Lopez Cesar Leal wären nur mit einem Besuchervisum nach Südafrika eingereist. Der Fußballverband hatte wohl einen entsprechenden Antrag auf Arbeitserlaubnis zu spät gestellt und muss dafür Rechnung tragen.

Dabei ist jeder Tag wichtig, denn Thabo Mbeki kündigte an, der Pokal werde 2010 in Südafrika bleiben. Auf eines jedenfalls kann die Nationalelf hoffen, die Lautstärke seiner Fans. Das Vuvuzela der Einheimischen, eine Art Plastiktrompete, übertönt mit seinem mächtigen Lärm alles.

9.5. Kosten – FIFA

Während sich die FIFA gegen Ende 2006 und Anfang 2007 noch um die Austragung der Spiele in Südafrika sorgte und Deutschland und Amerika als Ausweichmöglichkeiten in den Medien spekuliert wurden, war gegen Mai 2007 eine generelle Kehrtwende in der Kritik gegenüber Südafrika zu verzeichnen. All die Drohgebärden, die Spiele doch woanders stattfinden zu lassen, waren mit einem Mal vom Tisch.

Der FIFA-Präsident Sepp Blatter bekräftigte nach seiner Wiederwahl im Mai 2007, dass nur eine Naturkatastrophe die Spiele in Südafrika verhindern könnte. Der Münchner Merkur berichtete, dass Blatter den Kongress nutzte, um ein Bekenntnis für die WM 2010 in Südafrika abzugeben. „Wir werden mit der WM nach Afrika gehen, und wir werden tolle Spiele sehen. Es gibt Pläne B, C oder D und die heißen: Südafrika, Südafrika, Südafrika!“

Die Euphorie Blatters gleicht der des zurückgetretenen südafrikanischen Präsidenten Mbekis. Denn nicht nur Südafrika greift tief in die Tasche, um die Spiele zu verwirklichen, sondern auch die FIFA. Deutschland bekam für die Austragung der WM 2006 170 Millionen Euro von der FIFA. Davon konnte Deutschland durch seinen großen Gastgeber-Erfolg 40,8 Millionen an die FIFA zurückgeben.

Was Südafrika betrifft, haben die Zahlen ganz andere Dimensionen. Schätzungen zufolge wird die FIFA für die WM 2010 eine Milliarde Euro locker machen. An dieser Rechnung sollte auch berücksichtigt werden, dass Bauarbeiten und Dienstleistungen in Südafrika wesentlich billiger sind als in Deutschland. Ebenfalls ist der günstige Wechselkurs von nahezu 1 Euro = 10 Rand (Stand Jan. 08) zu bedenken. Im Klartext heißt das, dass die Summe, die über die Fifa investiert wird, für Südafrika außerordentlich hoch ist.

Noch vor vier Jahren hatte die FIFA rote Zahlen in der Bilanz. Erst in den letzten Jahren sanierte sich der Verband vorbildlich. Alleine 2006 konnte ein Gewinn von 185 Millionen Euro verzeichnet werden, der wohl hauptsächlich der WM in Deutschland zu verdanken ist. Die FIFA hat sich zu einem ernst zu nehmenden Weltkonzern gemausert und möchte das Eigenkapital bis 2010 auf rund 630 Millionen Euro steigern. Der Münchner Merkur zitierte Blatter zu diesem Thema: „Wir haben sichergestellt, dass die Finanzen auf einer guten Grundlage stehen. Dies ist uns durch gutes Management, gute Fernsehverträge und gutes Marketing gelungen.“

In Afrika sind die Übertragungsrechte noch zu regeln. Ein neuer Markt, den es für die FIFA zu erobern gilt.

Fassen wir kurz zusammen, dann kommen wir zu dem Ergebnis, dass sich die FIFA eine WM in 2006 in Südafrika noch gar nicht hätte leisten können. Südafrika hatte sich damals schon beworben. Zum einen war das eigene Polster der FIFA bis dahin recht dünn. Zum anderen hätten Investitionen nach Südafrika ein Vermögen gekostet, da damals der Wechselkurs noch um etwa 30% höher lag. Außerdem hätte die FIFA noch nicht die satten Einnahmen aus der deutschen WM gehabt.

Um sich den ganzen Ausgabewahn in Südafrika und der FIFA vorzustellen, muss man sich vor Augen halten, dass die deutsche Wirtschaft etwa 40 Mal größer ist, als die Südafrikas. Der Wechselkurs scheint nur eine Richtung zu kennen und so auch die Inflation. Keine guten Anzeichen für die Ärmsten im Land. Diese WM ist also jetzt schon dazu verpflichtet, ein großer Erfolg zu werden. Alles andere würde einer Tragödie unermesslichen Ausmaßes gleichen.

Die Politik gibt sich außerordentlich zuversichtlich. Neben Blatter und Mbeki ist auch der Tourismus Minister van Schalkwyk hoch motiviert. Er erwartet 2010 zehn Millionen Besucher, darunter bis zu 400 000 Fußballfans.

10. Kontroversen

Um Südafrika verstehen und begreifen zu lernen, bedarf es vieler unterschiedlicher Blickwinkel. Und aus jedem wird sich Ihnen ein ganz neues Bild eröffnen. Jedes der vielen Bilder wird einzelne Wahrheiten enthalten, die einen kleinen Teil des großen Puzzles ausmachen. Ein Puzzle, welches durch die vielen Kontroversen nicht einfach ist, als Ganzes erkannt zu werden, denn kaum ein anderes Land auf Erden ist so widersprüchlich wie Südafrika.

Nicht nur seine vielfältige Flora und Fauna, auch die vielen verschiedenen Kulturen und Menschen und die damit einhergehende Lebensqualität stehen in ständigem Kontrast. Verdeutlichen wir uns das an einigen Beispielen.

In Südafrika wurde schon 1967 die erste Herztransplantation durch Christian Barnard in Kapstadt durchgeführt. Es gibt hoch qualifizierte Ärzte und Chirurgen und gut ausgestattete Privatkliniken, die aber heute auch händeringend nach qualifiziertem Personal suchen. Vergessen wir nicht die hohe Abwanderungsrate Ende der 90er. Viele Ärzte verließen damals das Land, aus Angst sich und ihren Familien keine sichere und perspektivenreiche Zukunft in Südafrika geben zu können. Dem gegenüber stehen die öffentlichen Krankenhäuser mit stundenlangen Wartezeiten, kaum freien Betten und zu wenig Personal. Die Regierung hat zwar die Medizinstudenten zu 24 Monate langen Praktikumszeiten verpflichtet, aber dennoch ist es schwer, langfristig geschultes Personal unter den gegebenen, schwierigen Arbeitsumständen für diese Kliniken zu finden.

Anna ging zu einer solchen Klinik, da sie ein offenes Bein hatte. Erschöpft und niedergeschlagen erzählt sie ihre

Geschichte: „Dort angekommen, fragte ich mich durch, zu welchem Arzt ich könnte. Eine Zimmernummer wurde mir genannt. Vor der Tür warteten bereits so um die dreißig kranke Menschen. Es war warm auf dem Gang, die Luft stickig und die Stühle reichten nicht aus. Der Wasserspender tropfte nur noch. Einige saßen oder lagen auf dem Boden. Ich wartete etwa sechs Stunden, dann endlich wurde ich in das Ärztezimmer gerufen. Eine Krankenschwester sah sich mein Bein an. Der Arzt hatte zu einem Notfallpatienten gehen müssen. Sie machte mir einen Verband drum und gab mir eine Salbe. Das Bein schmerzte sehr, aber der Anblick der vielen anderen leidenden Menschen machte mir klar, dass mein offenes Bein nicht so schlimm war. Der ganze Tag war für diesen Arztbesuch draufgegangen. Richtig geholfen hatte mir keiner. Wenn es nicht sein muss, werde ich den Weg dorthin nicht mehr machen."

Anna war nach dem anstrengenden Tag erschöpft, sie beschloss den nächsten Arztbesuch doch lieber wieder bei ihrem Medizinmann vorzunehmen. Der kennt Anna und ihr Problem und hat selbstgemischte Kräuter. So wie Anna vertrauen noch etwa 80 Prozent der Bevölkerung auf ihren Medizinmann, den Sangoma. Er kann oft helfen, aber nicht immer, und gegen Aids ist auch er machtlos. Alt hergebrachter Aberglaube, Sex mit einer Jungfrau würde vor Aids schützen, hat ebenso fatale Folgen für die Patienten wie der Rat der Gesundheitsministerin zu einer Knoblauch-, Rote Beete- und Kartoffel-Kur gegen Aids. Ob der Regierungschef inzwischen von der Wirkung antiretroviraler Medikamente überzeugt werden konnte, kann nicht mit Sicherheit behauptet werden. Fest steht jedoch, dass der flächendeckende Zugang zu diesen lebenswichtigen Medikamenten noch immer nicht optimal gelöst ist und die Zeit für viele Bürger knapp wird.

Diesen Kontroversen begegnen wir aber nicht nur im Gesundheitswesen. Überall dort, wohin die Blicke schweifen, lassen sich Beispiele finden. Während die einen mit teueren Luxuszügen wie der Blue Train und Rovos Rail durch das landschaftlich wunderschöne Südafrika reisen, haben andere, die ihren Arbeitsweg zurücklegen müssen, kaum Geld für eine Fahrkarte der zweiten Klasse. Für viele dieser Pendler sind die überfüllten Waggons die einzige Möglichkeit, sich zwischen Arbeitsplatz und Unterkunft zu bewegen. Es ist nicht ungefährlich, so zu reisen. Immer wieder werden Menschen aus den Zügen geworfen oder ganze Abteile in Brand gesteckt. Aber nicht nur der Schienenverkehr ist problematisch, auch das Straßenbild. Neben den Tausenden von Minibus-Taxis findet man schicke 4 x 4 Modelle und schnelle, schneidige Sportwagen, daneben in den ländlichen Gegenden das „Donky-Car", Karren, die von Eseln gezogen werden. Wer sich gar kein Transportmittel leisten kann, balanciert seine Einkäufe, das Trinkwasser, Brennholz und Utensilien eben auf dem Kopf.

Die Städte zeichnen sich durch große Einkaufszentren, wie z. B. der Sandton Mall in Johannesburg, aus. Dort befinden sich moderne Kinos, Restaurants für jeden Geschmack, Supermärkte, unzählige Boutiquen, Schmuckhändler und Kunstateliers unter einem Dach. Hotels der feinsten Klasse sind auch gleich mit integriert und Konferenzräume von höchstem Standard. Andere Straßenzüge in der Innenstadt gleichen eher einem Marktplatz. In Holzbaracken oder einfach auf Zeitungspapier auf dem Gehsteig ausgebreitet, werden kleine geschnitzte Figuren, Ketten, Spielzeug, Obst, Gemüse und T-Shirts angeboten. Das Leben pulsiert unaufhaltsam und jeder versucht auf seine Art mit den ihm gegebenen Mitteln zu überleben. Hoffnung und Verzweiflung, Erfolg und Niederlage, Arm und Reich, Gewalt und Liebe, Krankheit und Wohlstand sind nirgendwo so eng beieinander wie in diesen Straßen. Inder, Schwarze, Weiße, Farbige, Obdachlose sowie Multimillionäre, alle überqueren sie die gleiche Kreuzung und doch scheint jeder nach Sonnenuntergang wieder seiner Bestimmung und Umgebung zugeordnet zu sein.

Die neue reiche schwarze Elite Südafrikas zieht sich nach Sonnenuntergang in die behüteten Vororte zurück, um entspannt am Pool einen Sundowner zu genießen. Für die unzähligen Obdachlosen ist die Zeit gekommen, Zeitungspapier und Essensreste in den Mülltonnen zu suchen und ein Quartier für die Nacht zu errichten. Die einzige Ablenkung bieten ihnen die Klebstofftuben und Dosen, die sie gerne inhalieren, um wenigsten für einige Momente ihr Dasein vergessen zu können.

Viele dieser Menschen können nicht lesen oder schreiben. Sie gehören zu dem Fünftel der Analphabeten im Land. Dabei stehen viele südafrikanische Bildungs- und Forschungseinrichtungen im Ausland hoch im Kurs. So z. B. die Absolventen der Wits Universität oder der Rau Universität in Johannesburg, die wichtige Forschungsprojekte betreuen. Die Verfassung verankert Bildung für alle, der Alltag erzählt jedoch Gegenteiliges.

Simon, der in Alexandria in der Nähe von Johannesburg aufgewachsen ist, hatte Glück. Er hat die Schule absolviert und sein ‚Matric'-Abitur bestanden. Er arbeitet schon seit fünf Jahren für eine der großen Banken in der Innenstadt. Er beschreibt das neue Südafrika mit folgenden Worten: „Früher kannte man den Feind, er hatte einen Namen und wir standen alle verbündet und stark gegen ihn. Der Feind hieß Apartheid. Heute kommt der Feind in vielen Verkleidungen.

Einige von uns haben es geschafft, sie haben wie ich Arbeit und konnten sich ein Häuschen über die Regierungssubventionen leisten. Ich bin sehr stolz darauf. Dann aber geht die

Schere auseinander. Viele in unserer Gegend haben auch heute noch keinen Job, kein Häuschen und keine Perspektiven.

Andere wiederum hatten wohl die richtigen Connections. Sie sind heute ganz groß, ganz oben, das hätte sich zu Apartheidzeiten niemand träumen lassen. Sie stehen auf den Gehaltslisten der Konzernriesen oder gehören dem Aufsichtsrat an. Mann, die schaufeln richtig Kohle. Ich möchte auch nicht neidisch sein, ich gönne ihnen den Triumph.

Was ich aber nicht verstehe, noch in den Achtzigern haben wir Seite an Seite für unsere Freiheit und eine bessere Welt für uns alle gekämpft. Diese Ziele scheinen nicht länger vorrangig zu sein. Es genügt ihnen nicht, zu Wohlstand gekommen zu sein, nein, sie wollen um jeden Preis in der Weltöffentlichkeit stehen. Leider vergessen sie dabei die, die es bis jetzt noch nicht geschafft haben, sich selbst zu ernähren.

Die Gemeinsamkeit ist verloren und ich weiß nicht, wer es im neuen Südafrika gut mit mir meint und wer nicht. Der Feind hat viele Facetten und es wird immer schwieriger, ihn zu erkennen, wenn Sie verstehen, was ich meine. Vielleicht hilft Ihnen ein Beispiel. Der Polizist kann tapfer oder auch korrupt sein, der Kunde mit viel Geld auf dem Konto ist weiß, aber immer öfter auch schwarz, die Bettler an der Straße sind Frauen, Kinder und Greise, manchmal aber auch Killer mit einer versteckten Pistole im Blumenstrauß.

Am wohlsten fühle ich mich bei meiner Frau und den Kindern. Wohin uns die Zukunft führt, kann ich nicht sagen, ich sehe nur, dass das Ziel nicht mehr das gleiche ist wie in den alten Zeiten. Ich glaube, wir müssen vorsichtig sein, uns nicht von unseren demokratischen Absichten zu entfernen.

Auch habe ich große Sorge darüber, wenn zu viel Macht in einer Hand liegt, denn wie gesagt, Freund und Feind in diesen Tagen auseinander zu halten, ist fast unmöglich geworden."

Simons Worte stimmen nachdenklich. Die Evolution der jungen südafrikanischen Demokratie nimmt ganz unterschiedliche Richtungen seit den ersten demokratischen Wahlen 1994. Über acht Millionen schwarze Bürger zählen inzwischen zu den Reichen und Superreichen des Landes, dem gegenüber stehen 20 Millionen Menschen in größter Armut. Differenzialer und absurder hätte die Entwicklung nicht sein können.

Stellen wir uns die Frage, ob es Südafrika bis heute geschafft hat, eine Regenbogen-Nation zu werden?

Sehr wohl haben dramatische Änderungen stattgefunden. Politische Parteien wurden geformt und eine neue Verfassung ist in Kraft getreten. Südafrika hat sich seiner Vergangenheit gestellt und diese mit Hilfe der Vergangenheitskommission adressiert. Seit 1994 wächst die Wirtschaft stetig und einige Sozialprobleme wurden angepackt. Viele Häuser wurden mit dem Ziel gebaut, dass eines Tages jeder ein Dach über dem Kopf haben werde. International arbeitet Südafrika daran, seine Rolle innerhalb Afrikas und auch global zu finden. Ganz besonders stolz ist Südafrika darüber, die Fußball-Weltmeisterschaft 2010 austragen zu dürfen.

Eine Nation, deren Träume beginnen, Wirklichkeit zu werden. Dennoch sind viele dieser positiven Entwicklungen von Problemen wie der inakzeptabel hohen Kriminalität, der stetig steigenden Aidsrate sowie der immer größer werdenden Kluft zwischen der neuen reichen Elite und den Vergessenen des Landes überschattet. Südafrika wird internationale Hilfe benötigen und einen großen eigenen Willensschub, um diese massiven Hindernisse zu überwinden.

Aber wer die Südafrikaner kennt, weiß auch, dass diese Menschen nicht leicht aufgeben und gemeinsam in ihrer Vielfalt der Kulturen, Sprachen und Religionen die Probleme bewältigen können. Dies sollte auch beispielhaft für andere Nationen sein, ganz besonders auf dem afrikanischen Kontinent.

Durch Johannesburgs, Pretorias oder Kapstadts Straßen zu laufen, fühlt sich chaotisch an. Zwischen großen Bürogebäuden und Hotels wie dem Carlton in Johannesburg oder dem President in Kapstadt finden Sie Frucht- und Blumenstände und am Straßenrand aufgereihte selbst geschnitzte Figuren und aus Draht gebastelte Spielzeuge. Sie begegnen Schwarzen, Weißen, Mischlingen und Indern und vor allem, viele haben trotz ihres Schicksals ein Lächeln auf dem Gesicht.

Wir finden inzwischen arme weiße Familien, die sich in Townships angesiedelt haben, und schwarze wohlhabende Familien in den noblen Vororten Kapstadts oder Johannesburgs.

Menschen aller Hautfarben fürchten sich gleichermaßen vor Kriminalität und Aids. Sie finden fantastische Bauwerke, Konferenzzentren, Erholungsgebiete wie das berühmte Lost City und dann wieder die Wellblechhütten-Gegenden ohne fließendes Wasser und ohne Strom. Ich möchte an dieser Stelle ein sehr treffendes Zitat von Jacqui Conry einbringen, der alles in wenigen Worten versteht, auf den Punkt zu bringen.

„Südafrika ist wie ein Teenager, noch etwas unberechenbar, launisch, manchmal unverantwortlich, aber es verspricht sich, in einen wundervollen Erwachsenen zu wandeln."[5]

Auch meine Kinder sind in Südafrika geboren und ich erinnere mich in der heißen Sonne darauf zu warten, meine Stimme für eine Regenbogen-Nation einzubringen. Sechs Jahre danach verließ ich Südafrika, da der Vater meiner Kinder in unserer Hofeinfahrt kaltblütig ermordet wurde. Ich fing dieses

---

5 http://ilovesouthafrica.org/11JacquiConry, 7. Januar 2007

Buch mit dem Wort Hoffnung an und ich möchte es mit großer Hoffnung für Südafrika und seine Menschen abschließen.

Ich wünsche den Menschen mehr als nur Hoffnung, denn die Entwicklung einer neuen Apartheid stimmt nachdenklich, und ich hoffe aus ganzem Herzen, dass es für einen Gesinnungswandel in Südafrika nicht schon zu spät ist.

Abkürzungen

AIDS	Acquired Immune Deficiency Syndrome
ANC	African National Congress
BEE	Broad Based Black Economic Empowerment Strategy
HIV	Human Immune deficiency Virus
IEC	Independent Electoral Commission
IFP	Inkatha Freedom Party
NP	National Party
SA	South Africa
SAPS	South African Police Service
SOWETO	South West Township
TAC	Treatment Action Campaign
TISSA	Telefone Interpreting Service South Africa
TRC	Truth and Reconciliation Commission

Lexika – Begriffserklärungen

Affirmative Action
verfolgt das Ziel, durch aktive Maßnahmen der ehemaligen Diskriminierung entgegenzuwirken. Gleiche Chancen bei der Stellenvergabe oder Bildung sollen erreicht werden. Wann diese aber erreicht sind oder werden, liegt in der Hand der jeweiligen Regierung.

Südafrika läuft Gefahr, über das Ziel hinauszuschießen.

BEE
Wirtschaftsintervention der Regierung, die das Ziel verfolgt, die Mehrheit der bisher von der Wirtschaft ausgeschlossenen Südafrikaner in vollem Umfang an dieser teilhaben zu lassen. (www.thedti.gov.za <http://www.thedti.gov.za>)

Wann dieses Ziel erreicht ist, liegt in der Verantwortung der jeweiligen Regierung. Südafrika wird kritisiert, über das Ziel hinauszuschießen.

Biltong
getrocknetes Fleisch

Black Diamonds
schwarze Diamanten – neue superreiche schwarze Elite in SA (2007 auf etwa zwei Millionen Bürger geschätzt, denen weitere sechs Millionen reiche Bürger folgen).

Boerewors
einheimische Bratwurst

Bush Brai
Grillabend am Lagerfeuer unterm Himmel in der Wildnis

Carhijacking
bewaffneter Autoraub

Egoli
Johannesburg, Stadt des Goldes

Matric
Universitätszugangsberechtigung nach dem 12. Schuljahr

National Crime Prevention Strategy
Nationales Kriminalität-Vorbeugeprogramm

Neighbourhood Watch
Nachbarschaftliche Bewachung

Sangoma
Einheimischer, traditioneller Medizinmann

Score Card
Karte, auf der Punkte bei der Vergabe von Staatsaufträgen erreicht werden können, wenn z. B. im Management oder Aufsichtsrat schwarzes Personal sitzt oder die sich daraus ergebenden Eigentumsanteile usw. Eine genaue Definition finden Sie unter: www.thedti.gov.za <http://www.thedti.gov.za>

Squatter Camp
Unterschlupf aus Wellblech

Umkhonto we Sizwe
Speer der Nation (militärische Einheit – Widerstand)

Quellenangabe

1. Edwin Cameron. Tod in Afrika, mein Leben gegen Aids. C. H. Beck. München 2007. Seite 159
2. Grapevine Postcards – Übersetzung J. Ellmer
3. http://www.nationmaster.com/red/graph/cri_rap-crime-rapes&int=1&b_pritable=1, 6. Jan. 2007
4. http://www.saps.gov.za/crimestats/. Dezember 30, 2006
5. http://ilovesouthafrica.org/11JacquiConry, 7. Januar 2007

Bildnachweise/©

1. Graphik – Themen im neuen Südafrika
Design und © Eva Ellmer
Seite 10

2. Bauland zwischen Johannesburg und Pretoria
© J. Ellmer
Seite 26

3. Unterschlupf für Mensch und Vieh
© J. Ellmer
Seite 28

4. Weiße Bettler
© J. Ellmer
Seite 31

5. Straßenverkäufer in Pretoria
© J. Ellmer
Seite 31

6. National Flagge Südafrika
Design und © Eva Ellmer
Seite 34

Danksagung

Ich danke allen, die zum Gelingen dieses Projektes beigetragen haben.

Ganz besonders den Interviewpartnern, den Verlagslektoren und Mitarbeitern, ohne deren Unterstützung das Projekt nicht verwirklicht hätte werden können.

Bei meiner Tochter Eva möchte ich mich besonders bedanken, denn sie gab durch ihre weitsichtige Facharbeit nicht nur den Anstoß zu diesem Werk, sondern auch dazu, Dinge anzusprechen, mit offenen Augen zu begegnen und ohne Vorurteile zu sehen. Ihre Grafiken verdienen ein besonderes Lob.

Danke an alle die Bildmaterial zur Verfügung stellten, sowie meinen Partner Matthias und auch meinen Sohn Armin, die viel Geduld beim Zuhören aufbrachten.

Und nicht zuletzt Ihnen, den LeserInnen und InteressentInnen dieses Buches.

Spendenaufruf:

Wenn auch Sie den Aidswaisenkindern helfen möchten, so freuen diese sich über Ihre Spende:

<http://www.positiv-leben-ev.org/de/seiten/spenden.html>

Jutta Ellmer

Jutta Ellmer durchlebte selbst während ihres 15-jährigen Südafrikaaufenthaltes den Umbruch des neuen Südafrikas. Auch sie zählt zu den vielen Opfern, denn ihr Mann wurde in Johannesburg kaltblütig und kalkuliert ermordet. Durch ihr eigenes Schicksal lernte sie viele Fragen zu stellen und nicht allen Antworten Glauben zu schenken. Sie wurde zur kritischen Beobachterin Südafrikas.